Uwe Goeritz

Cecilia im Bann der Liebe

Bibliografische Information der Deutschen Nationalbibliothek:

Die Deutsche Nationalbibliothek verzeichnet diese Publikation in der Deutschen Nationalbibliografie; detaillierte bibliografische Daten sind im Internet über http://dnb.dnb.de abrufbar.

© 2016 Uwe Goeritz

Coverbild: Uwe Goeritz / Jana Goeritz

Herstellung und Verlag: BoD – Books on Demand, Norderstedt

ISBN: 978-3-7392-4583-6

Inhaltsverzeichnis

Cecilia im Bann der Liebe

Was ist Liebe und warum kann sie uns in ihren Bann ziehen? Kann Mann oder Frau das mit dem Kopf entscheiden? Oder ist da eine rationale Entscheidung völlig unnütz? Cecilia, die Heldin dieser Geschichte, beginnt ihrem Kopf zu folgen, wo sie ihrem Herz hätte folgen sollen.

Gibt es für sie die Chance, diese Entscheidung zu revidieren? Oder bleibt sie allein und unglücklich zurück?

Sämtliche Figuren, Firmen und Ereignisse dieser Erzählung sind frei erfunden. Jede Ähnlichkeit mit echten Personen, ob lebend oder tot, ist rein zufällig und vom Autor nicht beabsichtigt.

1. Kapitel

Der Strand

Die Dämmerung brach gerade herein. Bis eben hatte Cecilia noch am Strand gesessen und der Sonne zugesehen, wie sie glutrot im Meer versunken war. Fast hätte man das Zischen hören können, als die glühende Scheibe das kühle Meer berührt hatte. Es war ihr zweiter Urlaubsabend hier in Kreta und eigentlich hätte sie ja nun zu ihrer Freundin Barbara zurück in das Hotel gehen sollen, doch irgendetwas hielt sie hier am Wasser zurück. Sie stand von dem Liegestuhl auf und ging zum Wasser vor, wo noch vor ein paar Stunden die Kinder ihrer Zimmernachbarn eine Sandburg gebaut hatten.

Im Bikini setzte sie sich so weit nach vorn, dass das Wasser ihre Füße bei jeder ans Ufer kommenden Welle umspülen konnte. Sie zog die Knie an und umfasste ihre Beine mit den Armen. Den Kopf stützte sie auf die Knie und schaute auf die ruhige See. Irgendwo weit hinter ihr spielte ein Radio leise Schlager. Vielleicht aus der Hütte des Mannes, der hier die Liegestühle vermietete. Oder ein Gast hatte ein Kofferradio dabei. Es war nicht zu laut und man konnte sich darin gut hineinträumen. „Warmes Meer und leise Musik. Ein schöner Urlaub." dachte sich die Frau. Sie ließ die Finger durch ihr langes braunes Haar gleiten und schaute weiter aus Meer.

Cecilia war Mitte zwanzig und hatte gerade ihren Freund verlassen. Eigentlich hatte sie diesen Urlaub mit ihm zusammen machen wollen, doch zwei Wochen vor Urlaubsbeginn hatte sie ihn zuhause bei sich mit seiner Arbeitskollegin Karola erwischt. Diese war im Bad und er war in Unterwäsche in der Schlafstube. Cecilia hatte seinen Beteuerungen, dass da nichts war, nicht geglaubt. Zu sehr hatte sie dieser Anblick verletzt. Sie hatte schnell ihre Sachen gepackt, war sofort aus der gemeinsamen Wohnung ausgezogen und wohnte nun bei ihrer ältesten Freundin Barbara. Die Beiden kannten sich noch vom Kindergarten und hatten seit dem ihre Freundschaft bewahrt. Durch alle Beziehungen hindurch. Seit zwei Jahren arbeiteten sie nun auch noch in derselben Firma.

So war es auch fast selbstverständlich gewesen, dass Barbara die Freundin in den Urlaub begleitet hatte. Mittlerweile war es fast dunkel. Nur die Beleuchtung der kleinen Restaurants hinter dem Strand warf ein blasses Licht bis zu ihr nach vorn. Jetzt wo die Sonne weg war, wurde es langsam frisch hier am Wasser. Noch überlegte Cecilia, ob sie nicht doch in das Hotel zurückgehen sollte, als der Vollmond am Horizont aufging und seine leuchtende Scheibe den ganzen Strand in ein geheimnisvolles Licht tauchte.

Sie träumte sich gerade in diesen Mond hinein, als eine Stimme hinter ihr sagte „So alleine schöne Frau?" und sie hatte auch schon sofort eine passende Antwort auf den Lippen, doch als sie sich umdrehte, vergaß sie ihren kessen Satz, sondern nickte nur. Doch eigentlich gab es da ja nichts zu nicken, oder etwa doch? Ein junger Mann, etwas älter als sie, in Badehose und Strickjacke stand hinter ihr. Schon alleine diese Kleidungskombination hätte bei ihr sonst für einen flotten Spruch gereicht, doch diesmal nicht. Irgendetwas war in seinen braunen Augen, in denen sich das Mondlicht spiegelte. Etwas Geheimnisvolles umgab ihn.

„Kann ich mich zu dir setzen?" fragte er und sie zeigte nur mit der Hand neben sich, so als ob der Strand nicht breit genug gewesen wäre, als das er sich nun unmittelbar neben sie setzen musste. Für die nächste viertel Stunde saßen sie einfach nur schweigend nebeneinander im nassen

Sand und schauten auf das Meer. Aus den Augenwinkeln musterte Cecilia den Mann und biss sich auf die Lippen. Kurze schwarze Haare und ein Blick. Unbeschreiblich! So als ob ein griechischer Gott aus dem Meer gestiegen war. Wenn nur diese Strickjacke nicht gewesen wäre. Sie spielte weiter mit ihren Fingern in einer Strähne ihrer Haaren und war sich dessen gar nicht bewusst.

„Frierst du?" fragte er schließlich und zeigte auf die Gänsehaut an Cecilias Arm. Sie nickte nur, vielleicht war es ja nicht nur die Kälte, die diese Gänsehaut ausgelöst hatte. Er zog seine Jacke aus und hängte sie um ihre Schultern. Nun sah sie seinen muskulösen Oberkörper und biss die Zähne noch fester zusammen. Ihr viel auf, dass sie die ganze Zeit noch nichts gesagt hatte und drehte ihren Kopf zu ihm „Übrigens ich bin Cecilia." „Angenehm, ich bin Paul." antwortete er.

In dem blassen Licht konnte er nicht sehen, wie sie rot wurde. Aber diese Röte, die er zum Glück nicht sah und sie nur an der Hitze in ihren Wangen spürte, war auch dem Zorn auf sich selbst geschuldet. So ein blöder Vorstellungssatz. War ihr denn nichts Besseres eingefallen? Oder hatte sie in der Zeit mit ihrem Freund das flirten verlernt? Am liebsten hätte sie sich jetzt vor Scham in den Sand eingegraben. Was war nur mit ihr los. Sonst war sie doch auch nicht so schüchtern. Wenn sie jetzt alleine gewesen wäre, hätte sie sich selbst eine Ohrfeige gegeben. Sie schaute auf ihre Füße, die immer noch von den Wellen sanft umspült wurden. Irgendetwas wühlte sich durch ihr Inneres und es kribbelte in ihrem ganzen Körper. Wie kam sie aus dieser Situation wieder heraus, ohne sich noch weiter zu blamieren? „Es wird mir jetzt zu kalt. Ich gehe zurück ins Hotel." sagte sie und gab ihm die Jacke zurück. Ihre Hände berührten sich.

Cecilia zuckte zusammen, als hätte sie in eine Steckdose gefasst. Auf die kurze Entfernung trafen sich ihre Blicke und die gingen tief in ihre Seele hinein. „Bist du morgen wieder hier?" fragte Paul und sie nickte im Aufstehen. „Ich wünsche dir eine gute Nacht." rief er ihr hinterher, nachdem sie schon ein paar Schritte gegangen war. Als sie sich wenig später, kurz vor der Promenade, umdrehte, war er schon nicht mehr da. Sie schaute nach allen Seiten, doch er war schon in der Dunkelheit der Nacht verschwunden.

Vielleicht war er wirklich einer dieser griechischen Götter, die sie am Vortag im Museum gesehen hatte. Den Körperbau hatte er zumindest davon. Nun schlug sie sich vor die Stirn. „Mist." stöhnte sie und „Das habe ich ja ganz Prima hin bekommen." sie überquerte die Promenade und betrat das Hotel.

2. Kapitel

Was wäre wenn?

Sie betrat die Vorhalle des Hotels, ging zur Rezeption und holte sich ihren Schlüssel ab. Die junge Frau in der Hoteluniform lächelte sie an und griff an das große Schlüsselbrett. An der Uhr in der Lobby sah Cecilia, wie spät es schon geworden war. Es fehlte nicht mehr viel am neuen Tag. Barbara würde sicher schon schlafen. Allerdings hätte sie doch dann auch nicht den Schlüssel an der Rezeption gelassen? Vielleicht war sie ja noch unterwegs.

Cecilia stieg langsam die Treppe hinauf und schloss das Zimmer auf. Aus dem Nachbarzimmer kamen die beiden Eltern, die vorhin noch mit ihren drei kleinen Kindern am Strand in Cecilias Nähe gesessen hatten. Von den Kindern war auch die Sandburg gewesen, neben der sie gerade Paul getroffen hatte. Erst jetzt, wo ihre Kinder schliefen, konnten sie noch mal ausgehen. Die Drei begrüßten sich kurz mit einen Nicken und sie trat in ihr Zimmer ein. Die Klimaanlage war aus und es war stickig warm in dem Raum. Sie schaltete das Licht im Zimmer ein, drehte den Schalter neben der Tür an der Scala auf max. und stellte sich unter den Strom der kalten Luft, die nun direkt über der Tür von der Decke aus das Zimmer flutete und dabei ihre nackten Schultern traf.

„Barbara?" fragte Cecilia laut in das Zimmer hinein und erhielt keine Antwort, nur die Luft rauschte. Gerade eben war ihr am Strand noch kalt gewesen und nun stand sie unter der kalten Luft um sich abzukühlen. Irgendetwas stimmte da wohl mit ihr nicht. Sie schloss die Tür hinter sich ab und ließ den Schlüssel von innen stecken, dann drehte sie sich zu der Tür, die zu ihrer Linken war, öffnete diese und ging in das Bad hinein. Barbaras Badeanzug hing demonstrativ direkt vor ihren Augen über der Duschstange, die eigentlich den Vorhang, mit den kleinen blauen Muscheln darauf, halten sollte. Cecilia räumte das Kleidungsstück zur Seite und hängte ihn auf die Heizung, die man hier sicher nicht mal im Winter brauchen würde.

Sie zog den Bikini aus, wusch im Waschbecken den Sand sowie das Meersalz heraus und hängte ihn zu dem Kleidungsstück der Freundin, dann ging sie unter die Dusche. Das lauwarme Wasser lief über ihre Haare sowie die Schultern und sie stand einfach nur da. Die Gedanken begannen sich in ihrem Kopf zu drehen. Was war das da gerade am Strand gewesen? Was hatte sie davon abgehalten Paul sofort ihre Meinung zu sagen? Hatte sie das so gewollt? Aber warum hatte sie sich dann nicht getraut irgendetwas anderes zu sagen als diesen blöden Satz? „Übrigens ich bin Cecilia" das war so ziemlich das dümmste, was sie hätte sagen können. So in etwa wie „Du auch hier am Meer." oder so eine ähnliche Belanglosigkeit.

Immer weiter kreisten die Gedanken in ihrem Kopf. Vermutlich machte er dies mit jeder Frau, die er hier traf. Erst ansprechen, vielleicht in ein kleines Lokal gehen und dann eine schnelle, heiße Nummer am Strand. Am nächsten Tag kannte er dann nicht mal mehr den Namen der Bekanntschaft und nach dem Urlaub warteten Frau und fünf Kinder zuhause auf ihn. So lief das doch im Urlaub ab. Zumindest hatte das Barbara gesagt. Die war im letzten Jahr in Mallorca gewesen und hatte in zwei Wochen zehn verschiedene Kerle kennen gelernt. Da war das bei jedem so gewesen und Barbara hatte vermutlich bei keinem von ihnen nein gesagt. Sie mochte die Freundin sehr, aber ihren Lebensstil konnte sie nicht immer gutheißen.

Sie dachte wieder an Paul. War das hier, mit ihm, auch so? Und was wäre, wenn nicht? Sie hatte sich nichts vorzuwerfen, sie war ja im Moment glücklicher Single, doch was würde weiter kommen? Schon lange hatte sie dieses Kribbeln nicht mehr gespürt. In den fünf Jahren, die sie mit Bernd nun schon zusammen war, war sie schon lange nicht mehr so aufgewühlt gewesen, wie durch das kurze Gespräch mit Paul. Der Blick seiner Augen hatte wohlige Scheuer durch ihren Körper gejagt, und erst die Berührung. Immer noch lief das Wasser über ihren Körper und Cecilia hörte ein lautes Klopfen an der Tür. Sie stieg aus der Dusche und schlang sich ein Duschtuch um den Körper. Sie ignorierte die Wassertropfenspur, die sie im Flur hinterließ. Schnell ging sie zur Tür und hörte die Freundin von draußen rufen. Die Frau drehte den Schlüssel und ließ Barbara ein.

Hinter ihr schloss sie wieder die Tür. Barbara tanzte durch das Zimmer und warf Schuhe und Handtasche auf ihr Bett. „Das war so toll. Ich war mit Klaus tanzen. Er hat mich in das Tanzlokal, gleich hier neben dem Hotel, eingeladen." Cecilia kannte Klaus vom Sehen. Es saß mit ein paar Freunden beim Essen am Nebentisch. „Und?" fragte sie, doch Barbara schüttelte lächelnd den Kopf „Noch nicht."

Cecilia ging zurück unter die Dusche und die Freundin folgte ihr ins Bad. Sie setzte sich auf die Toilette, während Cecilia sich das Shampoo aus den Haaren spülte. Beide unterhielten sich im Bad weiter. Von Klaus und dem Strand. Nur von Paul sagte sie nichts. Das war ihr immer noch peinlich, wie sie sich da verhalten hatte. „Los jetzt, ich will unter die Dusche." sagte Barbara und drehte der Freundin das Wasser ab. Sie wechselten die Plätze und unterhielten sich weiter, während Cecilia sich abtrocknete. „Wir sollten da morgen mal zusammen hin gehen." sagte Barbara, als sie die Dusche verließ „Zum Tanzen meine ich. Klaus hat noch ein paar Freunde, die könnten mit kommen und da ist sicher auch was für dich dabei." beschloss die Freundin den Satz und zwinkerte Cecilia zu. Auf den verstörten Blick der Freundin setzte Barbara als Antwort hinzu „Damit du auf andere Gedanken kommst und Bernd endlich vergisst."

„Du hast ja Ideen." erwiderte Cecilia „Da soll ich mit irgendjemand in die Kiste steigen, nur um meinen untreuen Ex-Freund zu vergessen? Mit jemanden, der wahrscheinlich auch untreu ist?" Barbara setzte einen unschuldigen Blick auf, der aber nicht verbergen konnte, dass sie es faustdick hinter den Ohren hatte. Sie zuckte mit den Schultern und lächelte entwaffnend. Wenig später lagen sie im Bett und Barbara schnarchte schon, während Cecilia noch über das Erlebnis im Mondlicht nachdachte.

3. Kapitel

Ein Wiedersehen

Die Sonne ging neben dem Hotel auf und kitzelte die schlafende Frau an der Nase. Am Vorabend hatten sie, da es ja draußen auch schon dunkel gewesen war, vergessen die Vorhänge richtig zu schließen und nun fiel der erste Sonnenstrahl durch einen Spalt genau in ihr Gesicht. Sie krabbelte aus dem Bett und zog geräuschvoll die Vorhänge ganz zu, dabei sah sie auf die Uhr, die auf ihrem Nachttisch stand. 06:24 war da in roter Schrift zu sehen. In denselben Rot, in dem die Sonne am Abend zuvor in die See eingetaucht war.

Schnell kroch sie wieder unter die leichte Decke, doch nun war sie schon mal wach. Eigentlich hätte sie bestimmt noch zwei Stunden schlafen können, Frühstück gab es ja bis nach zehn Uhr, aber nun lag sie einfach nur so da. Die halbe Nacht hatte sie von Paul geträumt, doch auch Bernd, ihr Freund, oder besser Ex-Freund, hatte sich mit in den Traum geschlichen. Beide hatten an ihren Armen gezogen und jeder der Beiden wollte sie auf seine Seite ziehen. Kurz bevor sie eine Richtung einschlagen konnte, oder eventuell in der Mitte zerrissen worden wäre, war sie aufgewacht.

Sie schaute zum Nachbarbett, wo die schwarzen Locken Barbaras unter dem Kissen hervorlugten, das sie über das Gesicht gezogen hatte. „Bist du schon wach?" fragte Cecilia leise und ein Knurren war die Antwort. Barbara legte das Kissen weg und schaute sie an. „Kannst du mal das Zimmer festhalten. Alles dreht sich." „Du hättest nicht so viel trinken sollen." gab ihr Cecilia schnippisch zurück, was wieder mit einem knurren beantwortet wurde. „Nie wieder Alkohol." stöhnte Barbara leise und Cecilia wusste aber, dass die Freundin dies sicher nicht ernst gemeint hatte. Dafür kannte sie Barbara zu gut.

Cecilia schlug die Decke zurück, griff nach ihrer Unterwäsche, die neben ihr auf dem Hocker fein aufgestapelt lag und sagte „Ich gehe erst mal duschen.", während sich ihre Freundin die Decke übers Gesicht zog. Als Cecilia viel später, nach dem Duschen, mit dem Föhn vor dem Spiegel stand, schlurfte die Freundin verschlafen ins Bad. Nachdem Barbara sich unter die Dusche gestellt hatte, drehte Cecilia kurz das warme Wasser ab. Ein Schrei, der sicher das ganze Hotel geweckt hatte, war zu hören, gefolgt von dem Satz „Nun bin ich wach." Mit einem Lachen drehte Cecilia das warme Wasser wieder an und verließ danach das Bad.

Vor dem offenen Kleiderschrank betrachtete sie ihre Sachen. Was würde wohl passen? Ans Wasser würde sie sicher erst nach dem Mittag gehen. Oder doch nicht? Sie ging zum Fenster zurück. Noch in Unterwäsche zog sie die Vorhänge auseinander und schaute auf die See hinunter. Wie ein blauer Spiegel lag das Meer vor dem weißen Strand. Kaum eine Welle war zu sehen. „Vielleicht sollte ich eine Runde im Meer schwimmen, bevor ich dann zum Frühstück gehe." dachte sie.

Sie ging zurück ins Bad, wo jetzt Barbara den Föhn vor dem Spiegel in der Hand hatte, und zog den noch feuchten Bikini wieder an, dann zog sie sich ein T-Shirt drüber und verabschiedete sich von ihrer Freundin, die sie immer noch wild anblitzte wegen dem kalten Wasser unter der Dusche. Cecilia ging nach draußen, zog die Tür hinter sich zu und dachte zu spät daran ein Handtuch mitzunehmen. Sie wollte die Freundin nicht noch einmal ärgern und mit dem Föhn in der Hand würde sie das Klopfen sicher nicht hören. Leise ging die Frau die Treppe hinab, durch die Lobby und verließ das Hotel.

Vor dem Hotel wehte ein lauer Wind, der von der Seite aus über den Strand zog. Er säuselte in den kleinen Kübelpflanzen, die vor dem Haus an der Seite des Weges standen und die gerade von einem Hotelangestellten mit einem Gartenschlauch gegossen wurden. Cecilia überquerte die Straße und ging die Treppe zum Strand hinunter. Noch waren kaum Menschen am Wasser und sie lief durch den frisch geharkten Sand. Schnell war sie am Ufer und warf das T-Shirt auf einen Hocker, der da noch vom Vorabend neben einer der Liegen stand und den sicher jemand vergessen hatte wegzuräumen.

Cecilia stürzte sich in das leicht gekräuselte Wasser. Es tat ihr richtig gut, darin zu schwimmen. Alles schien von ihr Fortgespült zu werden. Weit draußen vor ihr sprang ein Delfin vor Freude aus dem Wasser des Mittelmeers. Sie schwamm eine ganze Weile gerade aus, bis sie zu den Bojen kam, die den Strandbereich absteckten. Dort drehte sie um und schwamm langsam wieder zurück in Richtung des Hotels, das sich deutlich mit der großen blauen Muschel auf dem Dach von den anderen abhob.

Als sie sich wieder dem Strand näherte, sah sie einen Mann, dessen Haare wie die von Paul aussahen, der ein paar Meter neben und vor ihr ebenfalls zum Strand zurück schwamm. Er war viel schneller als sie, die gemächlich durch das Wasser glitt, während er mehr wie ein Motorboot durch die Wellen jagte. Mit kräftigen Armzügen strebte er dem Ufer entgegen und schon bald hatte sie ihn aus den Augen verloren.

Als sie aus dem Wasser stieg sah sie Paul neben einer der Liegen stehen. „Hallo meine Schaumgeborene." sagte er und er hatte das breiteste Grinsen auf dem Gesicht, das man sich nur vorstellen konnte. „Hallo mein Adonis." antwortete sie und ließ sich auf dieses Spiel ein. Das leichte Kribbeln war wieder da. Zum Trocknen setzte sie sich auf den Hocker. „Hast du kein Handtuch?" fragte er „Vergessen." gab sie nur zurück. Paul nahm sein Handtuch und hielt es ihr hin. Auf ihren fragenden Blick hin begann er ihren Rücken abzutrocknen.

Sie zog ihm das Handtuch weg und trocknete sich damit komplett ab. Nachdem sie das T-Shirt wieder an hatte sagte sie „Ich gehe erst mal Frühstücken. Bist du dann noch da?" er nickte und setzte sich auf den Hocker, auf dem sie gerade noch gesessen hatte. „Ich warte genau hier." sagte er und nun beeilte sie sich, um zum Frühstück zu gehen. Obwohl sie ihn kaum kannte, wollte sie ihn nicht zu lange warten lassen. Der Mann von der Strandliegenvermietung öffnete gerade seinen Stand am Eingang des Strandes und sie lief an ihm vorbei die Treppe nach oben.

4. Kapitel

Eine Seefahrt

Sie wäre fast in das Hotel gerannt, um nur schnell wieder an den Strand zurück zu kommen. In der Lobby fiel sie über einen Koffer, der da gerade von einem Gast vor ihren Füßen abgestellt worden war. Vorwurfsvoll schaute sie den älteren Mann von unten aus an und rappelte sich wieder auf. Sie betrat den Frühstücksraum, der vollkommen verglast war. Die Sonne schien von oben in den Raum hinein. Barbara saß schon am Tisch und winkte ihr zu. Cecilia nahm sich eines der Tabletts und legte schnell zwei Brötchen, Wurst, Käse und einen Klecks Rührei auf den Teller. Dazu nahm sie sich eine Tasse Kaffee mit viel Milch und stellte sie daneben, dann setzte sie sich zu ihrer Freundin an den Tisch.

„Hast du ihn wieder getroffen?" fragte Barbara, als sie sah wie die Freundin ihr Essen herunter schlang. „Wen?" fragte sie erschrocken, sie hatte ja gar nichts von Paul erzählt. „Ich kenn dich doch." sagte Barbara mit einem Lachen. Sie winkte Klaus zu, der gerade in den Raum kam. „Gehen wir heute Abend tanzen?" fragte Barbara ihre Freundin, die gerade mit dem Frühstück fertig geworden war. Cecilia nickte und brachte den leeren Teller schnell wieder weg. Klaus setzte sich auf ihren Platz und sie lief zum Strand zurück.

Als sie gerade über die Promenade ging, bremste ein Auto mit quietschenden Reifen neben ihr. Sie hatte nicht aufgepasst und der Fahrer, ein älterer Mann mit grauem Bart, schimpfte laut. Ein paar Kisten auf der Ladefläche waren verrutscht und das Gemüse war aus einer der Kisten gefallen. Sie entschuldigte sich, half dann dem Mann, trotz ihrer Eile, die Kohlköpfe wieder in die Kiste zu legen und ging dann hinter dem Auto schnell über die Straße. Ihre Augen suchten den ganzen Strand ab, konnten Paul aber nicht sehen. Enttäuscht und mit hängenden Schultern stand sie da, mitten im Sand, als sie ein „Hier!" von der Seite hörte.

Er saß auf einer der Strandliegen. Ein großer Schirm hatte ihn verdeckt, freudig lief sie auf ihn zu. „Ich habe dir eine Liege reserviert." sagte er und zeigte auf die Liege neben sich. „Ich dachte schon, du hast dich verdrückt." sagte Cecilia, nun sichtbar froh, als sie sich auf die Liege setzte. Paul schüttelte den Kopf. „Der Hocker war nur zu unbequem und der Eigentümer wollte ihn unbedingt wieder haben." erklärte er mit einem Lachen und streckte sich auf der Liege aus.

Sie zog das T-Shirt aus und legte sich auf ihre Liege in die Sonne. „Wohnst du auch in einem Hotel?" fragte sie ihn. Paul schüttelte den Kopf und zeigte auf den kleinen Hafen am anderen Ende des Strandes. „Da drüben liegt mein Segelschiff. Da wohne ich und damit mache ich Urlaub auf dem Meer. Möchtest du mal mitfahren?" „Warum nicht." antwortete die Frau und versuchte die Aufregung über dieses Angebot zu unterdrücken. Sie war noch nie mit einem Segelboot gefahren und hatte sich das schon lange mal gewünscht.

Eigentlich war sie ja immer etwas vorsichtiger gewesen. Was wäre wenn sie dann mitten auf dem Meer … daran wollte sie lieben gar nicht denken. Sie hatte mit einem Mal ein tiefes Vertrauen in Paul und schon alleine ein Blick in seine braunen Augen genügten ihr. Paul stand auf und gab ihr das Shirt. Sie wickelte es sich um die Hüften und stand auf. Cecilia begab sich einfach in dieses Abenteuer und wollte nicht darüber nachdenken, was da so passieren könnte. Ihre Freundin Barbara hätte sicher nicht so lange darüber nachgedacht, sondern wäre vermutlich schon am Vorabend mit ihm mitgegangen.

Gemeinsam gingen sie die Promenade entlang. Links waren viele Restaurants und rechts sah man das Meer, in nur etwa dreißig Metern Entfernung, gegen den Strand anlaufen. „Möchtest du ein Eis?" fragte er, als sie an einem Eiswagen vorbei kamen. „Erdbeereis." sagte sie und er ließ sich zwei Eistüten mit Eis füllen. Er nahm Vanilleeis und gab ihr die gewünschte Eissorte. Weiter ging es auf der Straße. Der Asphalt des Weges war mittlerweile so aufgeheizt, dass man denken konnte, jemand hat die Fußbodenheizung auf die volle Stufe gedreht. Das Eis hatte keine Chance. In der Wärme konnte sie es gar nicht schnell genug essen. Das geschmolzene Eis lief ihr über die Hand und sie leckte sich die Finger sauber. Dabei lief das Eis über die andere Hand. Cecilia lachte und zeigte ihre klebrigen Hände. Paul holte ein Taschentuch aus seiner Jackentasche und reichte es ihr. Nachdem sie sich gesäubert hatte gingen sie weiter.

Wenig später hatten sie den Hafen erreicht. Zuerst wusch sie sich im Hafenwasser die Hände ab, die sie ja nur schlecht an dem Taschentuch sauber bekommen hatte. Das Wasser war herrlich warm und ein kleiner Fisch schwamm unter dem Steg, auf dem sie stand, hindurch. Fast hätte sie ihn mit der Hand berühren können. Sie schüttelte das Wasser von den Händen und stand wieder auf. Paul wartete ein paar Meter vor ihr in der Mitte des Stegs. Schnell folgte sie ihm zum anderen Ende. Das Boot von Paul lag ganz vorn am Steg. Es war sicher mehr als zehn Metern lang, ganz weiß und mit einer Wohnkabine unterhalb des Mastes. „Das ist ja eine richtige Segeljacht." rief Cecilia aus. Fast hätte sie vor Freude in die Hände geklatscht, konnte es aber gerade noch verhindern. „Weiße Möwe" stand am Heck und darunter „Hamburg" „Du bist aus Hamburg?" fragte sie ihn, auf die Schrift zeigend und er nickte. „Ich auch!" rief Cecilia erfreut aus. Er ging auf das Schiff und gab ihr die Hand. Mit einem Sprung war sie an Bord.

Paul machte die Leinen los und das Schiff schwankte leicht. Sie setzte sich am Bug hin. Mit dem Fuß stieß Paul das Schiff vom Steg ab. Ein kleiner Motor tuckerte und schob das Schiff aus dem Hafen heraus. Nach ein paar Minuten stoppte Paul den Motor und nun setzte er das Segel. Der Wind griff in das Segel und das Boot begann sich zu bewegen. Immer schneller schossen sie dahin. Die Frau stand auf und ging vorsichtig nach hinten, wo Paul am Ruder saß und lachend das Schiff steuerte.

5. Kapitel

Weiße Möwe

Das Schiff schwankte heftig und Cecilia musste sich ein paar Mal an der, zum Glück um das ganze Schiff laufenden, Reling festhalten, bevor sie endlich neben Paul saß. „Zieh dir lieber dein Shirt wieder an. Sonst bekommst du einen Sonnenbrand." sagte er zu ihr. Sie wickelte das Kleidungsstück von ihren Hüften und zog es sich über den Kopf. Über ihr kreisten ein paar Möwen und das Wasser spritzte an der Seite des Schiffes hoch.

Sie hatte das Gefühl, das Paul das absichtlich machte, denn das Wasser spritzte nur an ihrer Seite hoch, nicht an seiner. Immer weiter kreuzte er auf dem Meer herum und schon bald war das Ufer weit entfernt. Nur noch ein kleiner dunkler Strich am Horizont zeigte die Insel an. Ihre Angst war nun vollkommen verflogen, so sehr vertraute sie ihm. Hier war weit und breit kein Mensch, der ihr eventuell zur Hilfe hätte kommen können. Ganz tief in sich hatte sie ein Urvertrauen und am liebsten hätte sie sich in seinen Arm geschmiegt. Paul drehte das Schiff um und steuerte wieder zum Land zurück. Nach einer weiteren Stunde ankerte er in einer kleinen, einsamen und malerischen Bucht.

Diese Bucht war etwa hundert Meter im Durchmesser und fast ringsum von hohen, schroffen Felsen umrahmt. Vom Ufer aus konnte man diese Bucht sicher nicht erreichen. „Warst du schon mal hier?" fragte sie ihn und er nickte „Ja, schon ein paar Mal." antwortete er und bevor sie etwas dazu sagen konnte setzte er dazu „Aber sonst immer nur alleine." Cecilia lächelte ihn an, Paul warf den Anker aus, verschwand in der Kabine und kam mit einer Flasche Champagner und zwei Gläsern zurück. Er gab Cecilia die Gläser und öffnete die Flasche. Mit einem lauten Knall flog der Korken weg, landete in der Bucht und das Getränk strömte in einem schaumigen Strahl auf ihr Shirt. Schnell füllte er die beiden Gläser und stellte die Flasche weg. Zuerst stießen sie an und dann zog sie das nasse T-Shirt über den Kopf. „Das hast du doch aber mit Absicht gemacht." sagte sie mit einem Lachen.

„Genau." erwiderte Paul mit einem Lächeln und zog das Kleidungsstück zum Trocknen am Mast hoch. „Wie eine Fahne." sagte sie und schaute nach oben. Paul füllte die Gläser noch einmal und reichte ihr eines hin. „Wollen wir schwimmen?" fragte sie und schaute auf das dunkelblaue Wasser herunter, dass sich keine zwei Meter unter ihr befand. „Wie ein Spiegel und darunter brodelt das Leben." dachte sie sich „So wie in mir vielleicht auch das Gefühl brodelt?" dachte sie weiter und schaute den Mann an. Das Kribbeln in ihr wurde immer stärker. Paul stand auf, ließ die Leiter am Heck herunter und brachte die Gläser zurück in die Kabine. Als er zurück auf das Deck kam, war sie schon im Wasser und winkte ihm zu. „Komm rein, das Wasser ist herrlich:" rief sie nach oben.

Er sprang einfach über die Bordwand zu ihr ins Meer. Zusammen schwammen sie ein ganzes Stück. Dann kehrten sie zum Schiff zurück. Zuerst kletterte Cecilia die Leiter nach oben und Paul folgte ihr. Er verschwand in der Kabine und holte zwei Handtücher herauf. Irgendetwas zog Cecilia zu diesem Mann, auch wenn sie noch nicht wusste, was es war. Das Feuer der Liebe hatte gerade begonnen in ihr zu lodern. Als er ihr das Handtuch reichte berührten sich wieder ihre Hände. Wie erstarrt blieben sie stehen.

Eine kleine Welle traf das Schiff und ließ die Frau stolpern. Paul fing sie auf und sie schauten sich in die Augen. Ein paar Augenblicke blieben sie einfach so stehen, bis sich ihre Lippen trafen. Ein langer leidenschaftlicher Kuss folgte. Wenig später fanden sie sich in Pauls Bett wieder und sie genoss seine Zärtlichkeiten, seine starken Arme und seine Leidenschaft.

Sanft wogte das Schiff in der Dünung der kleinen Bucht hin und her, während sich die beiden in der Kabine aneinander kuschelten. Schon lange hatte sie dieses Gefühl nicht mehr gehabt. So total geborgen zu sein, war einfach wunderschön. Cecilia genoss es, wie seine Finger ihren Körper streichelten. Gern hätte sie noch Stunden lang so liegen können, doch dann fiel ihr Barbara wieder ein. Warum sie jetzt gerade an die Freundin denken musste, wusste sie selbst nicht. „Willst du heute Abend mit mir tanzen gehen?" fragte Cecilia, als sie wieder an die Einladung Barbaras dachte. „Ja, gerne." antwortete er und setzte sich auf. „Ich fahre uns zurück." sagte Paul, während er sich wieder anzog. Er verschwand nach oben und wenig später setzte sich das Schiff in Bewegung.

Cecilia setzte sich auf und stützte den Kopf in die Hände. Was war da gerade eben passiert? Sie kannten sich noch nicht mal einen Tag und dann das hier. Hatte sie ihr Gefühl einfach nur überwältigt? Aber es war schön gewesen, sehr schön sogar. Sie angelte mit dem Fuß den Bikini vom Fußboden und zog ihn wieder an. Die Kabine war geräumig und sehr aufgeräumt. Alles hatte seinen Platz und war sorgfältig verstaut. Alles war befestigt. Selbst die Stühle waren am Boden festgeschraubt.

„Soll ich Kaffee machen?" fragte sie nach oben, als sie die Maschine in der Ecke stehen sah. „Die Tassen sind links im Schrank." erwiderte Paul statt einer Antwort. Mit einen gurgelnden Geräusch lief der Kaffee in die Tassen. „Wo ist die Milch?" rief die Frau und die Antwort kam sofort von oben „Im Kühlschrank." „Wo auch sonst." dachte sich Cecilia und goss die Milch in die Tassen.

Vorsichtig balancierte sie mit den Tassen nach oben, wenn sie sich den Kaffee übergoss, so war das nicht so, wie vorhin mit dem Sekt. Sie stellte die Tassen ab und schaute zu ihrem T-Shirt hoch, das lustig im Wind flatterte und dabei trocknete. Ringsum war nur Wasser zu sehen und der Wind ließ das Schiff dahin jagen. Sie hatten die Sonne im Rücken und vor sich sahen sie wenig später auch den Hafen wieder.

„Heute Abend, in dem Lokal neben dem Hotel mit der Muschel." sagte Cecilia, als sie das Schiff am Steg verließ. „Warte." rief Paul ihr zu, zog die T-Shirtfahne wieder ein und drückte das Kleidungsstück der Frau in die Hand. Sie küssten sich noch einmal, dann lief sie los.

6. Kapitel

Tanz durch die Nacht

Als Cecilia das Hotelzimmer betrat, war Barbara schon dabei ihre Locken zu machen. Im Bademantel saß sie mit dem Lockenstab vor dem Spiegel. „Na wie war es?" fragte sie und lächelte, als sie sah wie Cecilia rot wurde. „So schön?" setzte sie verschmitzt hinzu und zwinkerte ihr zweideutig zu. Schnell verschwand sie im Bad und ließ Barbara im Zimmer alleine sitzen. Als sie das Shirt ablegte, merkte sie, dass sie sich die Schultern in der Sonne auf dem Schiff verbrannt hatte. „Barbara." rief sie und wenig später steckte die Freundin ihren Kopf ins Bad herein.

„Was ist?" fragte diese und Cecilia zeigte auf ihre Schultern. „Kannst du mich da mal einschmieren?" fragte sie. Barbara griff in ihren, im Bad offen stehenden, Kosmetikkoffer, nahm etwas heraus, öffnete eine Tube mit Creme und massierte diese vorsichtig in die roten Schultern der Freundin ein. Cecilia biss die Zähne zusammen und ertrug die schmerzhafte Behandlung, die nur langsam das Brennen auf der Haut weniger werden ließ. Etwas später suchte sie, in Unterwäsche mitten im Zimmer stehend, im Schrank nach etwas zum Anziehen. „Ich finde nichts." stöhnte Cecilia und Barbara unterbrach zum zweiten Mal die Bändigung ihrer lockigen Mähne.

Die Freundin stand auf, mit einem Griff hatte sie ein schönes, blaues, ärmelloses Top in der Hand und hielt es hoch. „Dazu noch deinen roten Rock und dann geht das." legte sie fest und die Freundin verschwand damit im Bad. Es dauerte aber eine ganze Weile, bis sie aus dem Bad kam. Haare, Makeup und ihre Sachen, alles sollte möglichst perfekt sein. „Du meinst das ernst." fragte Barbara, sie kannte ihre Freundin zu gut und wenn die sogar dunklen Liedschatten aufgelegt hatte, dann war es was Besonderes.

Verlegen nickte Cecilia, auch wenn sie sich dessen bis gerade eben nicht sicher gewesen war. Auch Barbara war nun fertig und betrachtete sich noch mal im Spiegel. „Ist der Rock zu lang?" fragte sie Cecilia „Ein Stück kürzer und er würde als Gürtel durchgehen." sagte Cecilia „Dann ist es perfekt." entgegnete Barbara. Die Freundin schüttelte den Kopf „Da kann man fast deinen Slip sehen." „Wenn es nur fast ist, dann ist es gut. Lass uns losgehen." sagte Barbara, als sie ihre Tasche vom Bett nahm.

Sie zogen die Tür ins Schloss und liefen lachend die Treppe hinunter. Als Barbara den Schlüssel an der Rezeption abgab, kam Klaus mit seinen Freunden von oben herunter. Er war in Hemd und kurzer Jeans und hatte sicher dafür nur einen Bruchteil der Zeit gebraucht, die Barbara im Zimmer verbracht hatte, um ihre Locken zurecht zu machen. Sie fiel Klaus fast um den Hals und schon ging die kleine Gruppe aus dem Hotel nach draußen.

Es waren nur etwa hundert Meter zu laufen und doch hatte Cecilia alle Not, die drei Freunde von Klaus auf Abstand zu halten, zumindest bis sie in dem Lokal waren. Danach verteilten sie sich über den ganzen Saal und versuchten ihr Glück mit den anderen anwesenden Damen. Die meisten hatten noch kürzere Röcke an als Barbara und auch die meisten Tops ließen den Bauch frei. Um das zu toppen hätte man sich im Bikini in die Mitte des Saals stellen müssen. Dabei war Cecilia noch nicht mal die Älteste der anwesenden Damen, aber ihr Rock war mehr als doppelt so lang wie der Durchschnitt hier. Er ging ihr bis zur Mitte der Oberschenkel und das war ihr schon fast zu kurz. Dabei liebte sie diesen Rock.

Cecilia suchte sich einen freien Tisch in der Nähe der Tür, um zu sehen, wenn Paul herein kommen würde. Es dauerte eine ganze Weile, bis er durch die Tür kam. Er hatte einen Anzug an, der sich deutlich durch seine Eleganz vom Rest der Anzugsordnung der Männer abhob. So wie auch ihre Kleidung sich von der der Damen abgehoben hatte. Wenn man bei den meisten noch von Damen sprechen wollte.

Er ließ seinen Blick durch den Saal schweifen, dabei saß sie fast neben ihm. Schließlich hatte er sie entdeckt und setzte sich an den Tisch. Aber an diesem Tisch blieben sie nicht lange. Sie tanzten fast jede Runde. Es war so ein schönes Gefühl in seinen Armen zu liegen und er tanzte so gut. Wie aus Versehen drückte sie ihren Körper immer wieder ganz dicht an ihn heran. Jede Berührung setzte wieder die Wellen des Nachmittages in ihr frei und sie genoss diese unbeabsichtigten Berührungen. Die Träger des Tops scheuerten zwar auf der verbrannten Haut, aber das nahm sie einfach jetzt so hin. Trotz der Musik konnten sie sich auch etwas unterhalten, auch wenn es mehr ein Brüllen war. Das zuckende Licht der Beleuchtung in dem Saal reizte die Augen immer mehr. Ab und zu setzten sie sich daher an die Bar im hinteren Teil des Lokals, wo es etwas stiller war und stießen mit einem Cocktail an.

Als das Lokal schloss gingen sie langsam zum Hotel zurück. Wie zwei verliebte Teenager standen sie dort vor dem Eingang herum und wussten nicht wohin mit ihren Händen oder Blicken. Cecilia überlegte, ob sie ihn mit auf ihr Zimmer nehmen sollte. Irgendetwas wollte es und etwas anderes hemmte sie, obwohl sie sich doch bereits am Nachmittag auf dem Schiff geliebt hatten. Nur ein kurzer Kuss, flüchtig auf seine Lippen gedrückt blieb ihr. Hatte sie Angst vor dem, was wohl passieren würde? Doch was hätte da anders sein können als auf dem Schiff? Eigentlich wollte sie sich doch an ihn drücken, seine starken Hände auf sich spüren. Woher dann diese Schüchternheit? Bevor die Gedanken zu stark werden würden verabschiedete sie sich schnell von Paul.

Sie betrat das Hotel und ging zur Rezeption, aber der Schlüssel zu ihrem Zimmer war nicht da. Sie stieg die Treppe hoch und klopfte an der Tür. Es dauerte eine ganze Weile bis Barbara, in die Bettdecke gewickelt und mit zerwühlten Locken, aufmachte und sagte „Kannst du noch eine halbe Stunde spazieren gehen?" dabei zwinkerte sie der Freundin zu. Cecilia nickte und verstand. Langsam ging sie wieder zurück und setzte sich am Strand auf eine Bank. Der Mond beleuchtete das Wasser und glitzerte in den Wellen.

7. Kapitel

Nachts auf dem Meer

Eine Gestalt schlenderte unter den Lampen der Promenaden entlang. Als sie sich der Bank näherte konnte sie in der Gestalt Paul erkennen. Und auch er erkannte sie. „Na, so alleine hier?" scherzte er, dabei setzte er sich neben sie. „Meine Freundin hat einen Freund." sagte sie und zeigte mit dem Kopf zum Hotel. „Aha." war alles, was er dazu sagen konnte. „Kommst du ein Stück mit?" fragte Paul und ergriff ihre Hand.

Wieder war das Kribbeln da, jedes Mal, wenn er sie berührte durchströmte es sie. Ohne auf eine Antwort von ihr zu warten zog er sie von der Bank hoch. Hand in Hand schlenderten sie die dunkle Promenade entlang. Nur spärlich war das Licht, dass die gelben Lampen auf den Weg warfen. Waren die absichtlich so dunkel gehalten? Oder waren die Reflektoren nur verschmutzt.

Ab und zu huschten einige Gestalten über die Straße zum Strand hinunter oder von dort zurück zu den Hotels auf der anderen Seite der Straße.

Meist als Pärchen, Händchen haltend, und sie beide wussten, was diese sicher wollten. Wenig später standen sie vor dem Hafen und am Anfang des Stegs. „Kann man eigentlich auch Nachts auf das Meer raus fahren?" fragte sie und er nickte „Kann man schon, aber es ist zu gefährlich." erwiderte er, zog sie an der Hand auf den Steg und sie folgte ihm zum Schiff.

Auf diesem Steg war es noch dunkler, als auf der Promenade vorher. Nur ein paar kleine weiße Lampen, die in Kniehöhe angebracht waren, strahlten auf den Steg hinunter. Vorsichtig folgte sie ihm. Paul sprang auf das Schiff und schaltete das Licht an, dann gab er Cecilia die Hand und zog sie an Bord. „Ich habe hier alles, was du brauchst." sagte er fast zweideutig und wenn es nicht so dunkel auf dem Achterschiff gewesen wäre, hätte er sehen können, wie rot sie wurde. Ihre Wangen glühten. „Kaffee?" fragte er und verschwand unter Deck. So gab er ihr die Zeit, dass sie sich wieder fangen konnte.

Sie setzte sich an einen Tisch und wartete auf Paul. In der Küche klimperte und klirrte es. Irgendwas fiel runter und Paul rief „Nichts passiert." sie hörte, wie er etwas zusammen fegte und in einer Eimer warf. Kurz darauf kam er mit zwei Tassen die Treppe nach oben. „Mit viel Milch für dich, so wie du es magst." sagte Paul und stellte die dampfende Tasse vor sie hin.

Der Wind frischte auf und begann an ihren Haaren zu zerren. Immer mehr wurde ihre Frisur zerzaust und sie musste immer wieder die Haare aus dem Gesicht streifen. „Hier wird's gerade ziemlich ungemütlich." sagte Paul „Willst du wieder ins Hotel zurück? Deine Freundin ist jetzt sicher fertig." fragte er, doch sie hatte das Gefühl bleiben zu wollen. Sie schüttelte nur den Kopf und stand auf. Mit der Tasse in der Hand gingen sie nach unten. Er klappte noch schnell den Tisch zusammen, dann folgte er ihr in das Innere des Schiffes.

Obwohl es am Steg festgemacht war schwankte das Boot immer mehr und so konnte sie sich nicht mehr auf den Füßen halten. Sie schüttete sich den Rest des heißen Kaffees über ihr Top. Sie schrie auf und Paul zeigte auf die Tür an der anderen Seite. „Da ist das Bad." Cecilia stellte die nun leere Tasse auf einen Tisch und danach verschwand sie durch die gezeigte Tür. Sie versuchte das Kleidungsstück auszuwaschen, als er hinter ihr ins Bad kam.

„Hast du alles gefunden?" fragte er sie. Wieder bewegte sich das Schiff und sie fiel wieder in seine Arme. War das unbeabsichtigt? Oder hatte sie das mit Absicht gemacht? Sie wusste es selbst nicht. Das was vor ein paar Stunden beim Tanzen begonnen hatte sollte sich nun fortsetzen. Sie schmiegte sich an ihn und viel schneller als am Nachmittag trafen sich ihre Lippen. Er nahm sie auf die Arme und trug sie, trotz des schwankenden Schiffes, sicher bis zum Bett, wo er sie ablegte.

Die ersten Möwen schrien und weckten Cecilia am Morgen. Sie drehte sich um und sah in Pauls schlafendes Gesicht neben sich. Das warme Gefühl des Abends war wieder da und zugleich die Zweifel, ob sie alles richtig gemacht hatte. Aber konnte man etwas falsch machen, wenn man dem Gefühl folgte? Sie blinzelte in die Sonne und das Schiff bewegte sich sanft in der Dünung des Meers. Paul blinzelte „Guten Morgen." Hauchte er ihr ins Ohr und küsste sie auf die Seite ihres Halses. Wieder drückte sie sich ganz eng an ihn heran und spürte die Wärme seines Körpers. Haut auf Haut. „Was gibt's den bei dir zum Frühstück?" fragte sie ihn, mehr gehaucht als gesagt. Eigentlich wollte sie gar nicht aufstehen, niemals wieder wollte sie dieses Bett verlassen.

„Du kannst unter die Dusche gehen und ich hole frische Brötchen beim Bäcker." antwortete er und noch bevor sie ihn festhalten, oder zurück ins Bett ziehen konnte, war er auch schon aufgestanden. Schnell zog er einen Trainingsanzug an und stieg die Treppe hinauf. Cecilia räkelte sich noch mal im Bett und stand dann auf. So wie sie war ging sie in Bad und stellte sich, ohne die Tür zu verschließen, unter die Dusche. Das warme Wasser spülte alle Spuren der Nacht von ihrem Körper und erfrischte sie. Zum Abschluss drehte sie noch mal das warme Wasser ab und ließ das kalte über ihren Körper laufen. Es war aber für einen Moment so kalt, dass sie aufschrie. „Was ist?" fragte Paul und steckte seinen Kopf durch die Badtür. „Nichts, nur kaltes Wasser." sagte sie schnell und er schloss die Tür wieder hinter sich.

Erst jetzt fiel ihr ein, dass sie ja die Sachen in dem Zimmer hatte liegen lassen und nun ohne Sachen zu ihm hinaus musste. Trotz der vergangenen Nacht schämte sie sich doch etwas, sich ihm einfach so zu zeigen. Darum wickelte sie sich in das Duschtuch und ging kurz hinaus, um die Sachen zu holen und sich dann im Bad anzuziehen. „Ich hätte dir deine Sachen auch gebracht." sagte Paul, als er sie so mit dem Handtuch aus dem Bad kommen sah. Sie nickte nur und verschwand wieder. Wenig später saßen sie bei herrlichsten Sonnenschein oben auf dem Schiff und Frühstückten ausgiebig.

8. Kapitel

Eine unerwartete Begegnung

Nach dem letzten Bissen von ihren Brötchen stand Cecilia schnell vom Tisch auf „Ich muss zurück ins Hotel. Barbara macht sich sicher schon Sorgen um mich." Mit einem gespielten Entsetzen in der Stimme sagte er „Ich hoffe du bist schon volljährig!" dabei Lächelte er sie an, dass sie gar nichts weiter sagen konnte. Eigentlich wollte sie ja auch nicht von hier weg. Nur ein schneller Kuss war ihre einzige Reaktion. Schon mit einem Fuß auf dem Steg drehte sie sich noch mal um und sagte „Ich bin nach dem Mittag wieder am Strand. Kommst du dann auch da hin?" „Na klar." rief er ihr zu, während er schon die Teller vom Frühstück zusammen räumte.

Jetzt stürmte die junge Frau los. So schnell war sie die Promenade noch nie entlang gegangen. Es war schon mehr ein Rennen als ein Gehen. Als sie wenig später an der Zimmertür klopfte öffnete Barbara völlig verschlafen und schaute sie an. „Na du hast dir ja keine großen Sorgen um mich gemacht." sagte Cecilia mit einer gespielten Wut und drängelte sich an der Freundin vorbei in das Zimmer. „Wir sind gestern eingeschlafen und Klaus ist erst vor einer Stunde gegangen." erwiderte Barbara mit einem Gähnen. „Es war also eine lange Nacht." stellte Cecilia mit einem Augenzwinkern fest. „Na bei dir doch sicher auch." entgegnete ihr Barbara, die nun völlig wach war.

„Ich sage nichts." antwortete Cecilia und verschwand im Bad. „Nicht mal deiner besten Freundin?" rief ihr Barbara entrüstet hinterher. Nur ein kichern war aus dem Bad zu hören. Cecilia tauchte wieder in der Badtür auf und hielt den Badeanzug von Barbara hoch „Sage mal, dein Kleid von gestern Abend und dieser Badeanzug, das passt irgendwie nicht zusammen. Gestern Abend so kurz wie möglich und alles zeigen und dann am Strand alles verdecken." „Das ist alles Absicht." antwortete Barbara „Man muss die Männer immer im unklaren lassen. Ihnen nur eine Illusion von dem zeigen, was sie sehen wollen und da ist dieser Badeanzug einfach klasse. Er betont meine langen Beine und meine Hüften. Gestern Abend war es ja auch dunkel." Cecilia nickte und hängte den Badeanzug zurück.

„Und außerdem zeigt er nicht so viel von meinem Bauch." ergänzte Barbara und betrachtete sich im Spiegel von der Seite. „Gehen wir dann nach dem Essen zum Strand?" fragte Cecilia die Freundin und die nickte. „Aber erst mal gehe ich Frühstücken." sagte Barbara und schob die Freundin aus der Badtür „Und heute bleibt das Wasser warm." ergänzte sie mit einer gespielten Drohung in der Stimme, sogar ihren Zeigefinger hob sie dabei und beide mussten lachen. „Du erzählst mir dann aber noch alles. Oder?" fragte Barbara, bevor sie die Badtür hinter sich zuzog. Cecilia ließ sich auf das Bett fallen und dachte wieder an die letzte Nacht. Sofort waren die Schmetterlinge wieder in ihrem Bauch und flogen eine Ehrenrunde.

Lange hatte sie Barbara alles erzählt und nun waren sie fertig für den Strand. Cecilia war aufgeregt wie ein kleines Mädchen und doch war alles wie immer, na ja fast alles. Paul hatte ja versprochen zum Strand zu kommen und Barbara hatte ihn ja bisher nur aus den Beschreibungen der Freundin kennen gelernt. Was würde sie wohl sagen, wenn er ihr nun so direkt gegenüber stehen würde. Irgendwie war Cecilia das Urteil der Freundin wichtig, doch was würde sie tun, wenn diese irgendeine Bemerkung machen würde. Sie hatte keine Ahnung und drehte sich im Bikini vor dem Spiegel, damit alles perfekt saß.

Schon hatte sie die Türklinke der Zimmertüre in der Hand. „Hast du Sonnencreme mit?" fragte sie noch schnell Barbara, die sich gerade ihre Strandtasche vom Bett angelte. „Eine ganze Flaschen. Die reicht für uns beiden." erwiderte Barbara und zog die große Flasche hervor. „Und für den halben Strand gleich mit." ergänzte Cecilia lachend.

So schnell war sie noch nie am Strand gewesen. Drei Liegen, direkt vorn am Meer, waren noch frei und schon hatten sie sich dort niedergelegt. Wenig später tauchte auch Paul am Strand auf. In einer kurzen, zerrissenen Jeans und mit freiem Oberkörper stand er plötzlich neben ihrer Liege und Cecilia konnte für einen Augenblick nichts sagen. „Hallo ihr zwei Hübschen." sagte er zur Begrüßung und Barbara schob die Sonnenbrille vor zur Nasenspitze, um ihn über die Brillengläser hinweg zu mustern. Wenn nicht so viele Menschen hier am Strand gewesen wären hätte sie sicher anerkennend gepfiffen, so konnte sie sich das gerade noch verkneifen. Ein zwinkern zu ihrer Freundin war das einzige, was sie von sich gab. Zu dritt lagen sie eine ganze Weile in der Sonne, bis Paul fragte „Wollt ihr ein Eis?" „Für mich mit Schokolade." antwortete Barbara „Hilfst du mir tragen?" fragte er Cecilia mit einem Augenzwinkern. Zu zweit gingen sie zu dem Eiswagen hinauf. Unterwegs mussten sie an dem Schuppen vorbei, in dem nachts die Liegen verschlossen wurden.

Die Tür des Schuppens stand einen Spalt breit offen. Paul sah sich nach allen Seiten um und schon hatte er Cecilia in das Dunkel der Hütte gezogen. Er presste sie mit dem Rücken gegen die Hüttenwand und sie küssten sich lange und Leidenschaftlich. Wieder ließ sie sich in dieses schöne Gefühl fallen und wieder genoss sie seine Zärtlichkeiten, auch wenn es diesmal wild und Leidenschaftlich war und nicht romantisch wie sonst. Aber auch diese Seite an ihm gefiel ihr und den Schmetterlingen in ihrem Bauch ebenfalls. Wenig später saßen sie wieder am Strand auf der Liege und Barbara fragte Vorwurfsvoll „Und wo ist mein Eis?" diesmal machte sich Paul alleine auf den Weg. Als er weg war sagte Barbara „Na du bist mir ja eine. Am helllichten Tag." Cecilia wurde rot und fragte nur „Was war denn?" „Na ihr wart doch nicht da drin" sie zeigte auf die Hütte „um die Liegen zu zählen." Cecilias Gesichtsfarbe nahm das rot ihrer verbrannten Schultern an „Es sind 36 Liegen drin." Log sie und lehnte sich auf der Liege zurück.

Noch bevor Paul mit dem Eis zurück war stand Bernd auf einmal vor ihrer Liege. Mit offenen Mund starrte sie ihn an „Was machst du denn hier?" fragte sie ihn, immer noch zornig, aber schon nicht mehr so sehr, wie am Tag ihrer Flucht aus der gemeinsamen Wohnung.

9. Kapitel

Die zweite Chance

Ihre Augen funkelten ihn an „Was willst du hier." fragte sie, der noch nicht ganz vergangene Groll war in ihrer Stimme deutlich zu hören und Bernd antwortete „Las uns bitte noch mal über uns reden." Seine Worte waren fast bettelnd. Paul war immer noch nicht mit dem Eis zurück und sie schaute auf Barbara. Die Freundin schob die Sonnenbrille nach oben auf ihre Haare und schaute den Mann vor sich an. Schließlich nickte sie und Cecilia stand auf. Nebeneinander liefen sie ein kleines Stück am Strand entlang. Aus dem Augenwinkel hatte sie beim Aufstehen Paul gesehen, der nun gerade mit den Eistüten an den Liegen zurück war. Sie hatte ihm kein Zeichen gegeben und auch nicht zu ihm gesehen. „Wie musste er sich nun wohl fühlen, wenn sie mit jemand anders wegging?" dachte sie. Cecilia, verscheuchte diese Gedanken und konzentrierte sich wieder auf Bernd.

Wortlos gingen sie am Wasser entlang, viele Menschen lagen dort am Strand oder liefen um sie herum. Sie erreichten das Ende des Badestrands und erst nachdem sie hier alleine waren wendete sie sich ihm zu und blieb stehen. „Aber ich will keine Lügen von dir hören!" sagte sie als erstes und nun blieb er einfach vor ihr stehen, so als ob er nach Worten suchen würde. Cecilia dauerte das fast zu lange und so stützte sie die Hände auf die Hüften und schaute ihn einfach nur fordernd an. Bernd begann „Das mit Karola, das hast du gänzlich missverstanden. Wir waren auf der Fahrt zu einem auswärtigen Kunden und ich hatte mir Kaffee auf den Anzug gekippt. Da wir gerade an unserem Haus waren, wollte ich mich auf die Schnelle umziehen und sie musste nur einmal auf die Toilette. Sonst war da wirklich nichts gewesen. Ich schwöre es dir." Mit seinen treuen, blauen Augen schaute er sie unschuldsvoll an und sie überlegte.

Das Bett war damals wirklich nicht zerwühlt gewesen. Konnte es stimmen, was er ihr gerade eben erzählte. Sie legte den Kopf schief und schaute ihn nur einfach an, so als ob sie noch auf etwas anderes warten würde. Statt einer weiteren Erklärung sprudelte es einfach aus ihm heraus „Ich habe dich hier überall gesucht. Jedes Hotel habe ich abgesucht und dich nirgendwo gefunden. Erst vorhin am Strand habe ich dich endlich gesehen. Bitte wirf doch nicht unsere fünf Jahre weg, wegen so einem Missverständnis." Fast flehte er sie an und immer noch schaute sie ihn an. „Kann ich dir den wirklich trauen?" fragte sie ihn und er nickte heftig. „Ich werde mir überlegen, ob ich dir eine zweite Chance geben kann oder ob das Vertrauen dahin ist. Wo kann ich dich erreichen, wenn ich eine Antwort auf diese Frage habe?" fragte sie weiter und er zeigte auf das Hotel hinter sich. „Da drin habe ich ein Zimmer. Wenn du es weißt, so lass es mich bitte wissen. Ok?" Cecilia nickte, drehte sich um und ließ ihn einfach am Strand stehen. Auf dem Rückweg überlegte sie, wie ihre Entscheidung sein sollte. Was sollte sie Paul sagen?

Weitab der beiden setzte sie sich an das Wasser, stützte ihren Kopf in die Hände und schaute auf das Meer hinaus, als ob dort die Antwort auf ihre Frage zu finden wäre. Konnte sie da eigentlich überhaupt eine Entscheidung mit dem Kopf treffen? Oder doch nur mit dem Gefühl? Sie griff sich einen kleinen Stock und zeichnete eine Liste auf den Sand. Für und Wider mussten sorgsam abgewogen werden. Aber konnte man das wirklich? Was wusste sie eigentlich wirklich und was glaubte sie nur zu wissen? „Also los Cecilia." sagte sie laut zu sich und begann die Liste zu füllen. Sie schaute auf die Überschrift. Cecilia hatte Paul links und Bernd rechts hin geschrieben. Instinktiv hatte sie dies gemacht und doch lag da schon eine Bedeutung drin. Paul stand ihrem

Herzen nah, während Bernd mehr in ihrem Kopf war. Was sollte sie nun darunter schreiben? Sie grübelte nach und begann auf Peters Seite mit dem Schreiben, da sie ihn am besten kannte.

„Er hat immer zu mir gehalten. Er unterstützt mich. Er hilft mir. Er kennt mich in- und auswendig. Er ist immer auf alle meine Wünsche eingegangen." Standen auf der Plus Seite. Nun kam das Minus für ihn. Irgendwie konnte sie ihm nicht trauen. Stimmte seine Geschichte? Nie hatte sie diese Schmetterlinge gespürt die sie mit Paul erlebt hatte. Damit war sie auch schon auf der anderen Seite und stutzte. Sie malte einen Schmetterling und ein großes Fragezeichen. Was wusste sie von ihm? Nicht viel. Sie hatten kaum über irgendetwas Persönliches gesprochen. Eine große Welle lief über den Strand und löschte die Liste aus. Cecilia legte das Stöckchen weg und schaute zurück zum Strand. Sie stand auf und ging zu Barbara und Paul. Die beiden lagen auf ihren Liegen.

„Und?" fragte Barbara, als die Freundin wieder vor ihr stand. Cecilia zuckte mit den Schultern. Sie setzte sich auf die Liege zwischen den beiden Freunden. Sie sah Paul an und fragte „Wer bist du eigentlich?" „Früher hatte ich eine Werbeagentur. Ich habe jeden Tag 16 bis 20 Stunden

gearbeitet. Das Plakat da" er zeigte auf die Eiswerbung an der Seite des Strandes „war meine
beste Idee. Irgendwann war ich fertig. Ausgebrannt und konnte nicht mehr. Ich ging dann für
ein halbes Jahr ins Kloster und mein Freund
übernahm die Leitung der Firma. Das macht er
immer noch und ich habe alles verkauft. Jetzt
lebe ich auf meinem Boot und muss nur noch ein
paar Mal im Jahr nach Hamburg zu ihm in unsere
Firma."

„Und was macht ihr so, wenn wir schon mal
dabei sind." fragte er. Barbara schaute von ihrem
Buch auf „Wir arbeiten in der Buchhaltung einer
kleinen Spedition im Hamburger Hafen." antwortete sie, bevor Cecilia auch nur den Mund aufge-
macht hatte. Die nickte nur zur Bestätigung und
legte sich auf der Liege zurück. „Ich muss erst
mal nachdenken." sagte sie leise und schaute zum
Himmel hinauf. „Sehen wir uns heute noch mal?"
fragte Paul, während er von seiner Liege aufstand. Er wartete ein paar Minuten und setzte
dann hinzu „Du weißt wo du mich finden
kannst." dann verließ er den Strand und Cecilia
schaute ihm lange nach. Offensichtlich hatte er
gespürt, dass sie noch etwas Zeit brauchte.

10. Kapitel

Entscheidung aus Liebe?

Barbara schaute zu ihrer Freundin hinüber. „Was überlegst du?" fragte sie und Cecilia schob die Sonnenbrille vor ihre Augen. „Wie soll ich mich entscheiden?" fragte Cecilia, mehr sich selbst als die Freundin. „Gute Frage." begann Barbara „Dein Bernd ist ein seriöser Bankangestellter mit gutem Verdienst. Er ist jeden Tag pünktlich zuhause und du weißt, wie du ihn zu nehmen hast. Du kennst ja alle seine Macken. Der Paul scheint mir ein Windhund zu sein. Keine Bleibe, ständig unterwegs. Wer weiß, was er verdient und was er nach dem Urlaub macht. Hat er dir alles von sich erzählt? Oder kommen da noch Überraschungen auf dich zu? Wer weiß es." Cecilia stöhnte „Du hast ja so Recht. Ich schwanke hin und her. Mein Herz sagt Paul mein Kopf sagt Bernd. Es zerreißt mich irgendwie innerlich."

Sie legte sich wieder zurück und dachte wieder an ihren Traum. Zwei Männer ziehen an ihr und wohin sollte sie gehen? Wenn das so weiter ging, so würde sie vermutlich beide verlieren. „Mist." sagte sie. Am Morgen, auf dem Schiff, sogar vorhin in der Liegenscheune, war alles noch so klar gewesen und nun? Nun war alles so kompliziert geworden. Von einer Minute zur nächsten hatte sich alles verändert. Oder etwa nicht? War nur alles wieder auf Anfang gesetzt und hatte Bernd diese zweite Chance verdient? Was, wenn es wirklich ein Irrtum ihrerseits gewesen war. Und was wenn Bernd gerade eben gelogen hatte? Eine Möwe flog kreischend über ihr hinweg und riss sie aus ihrem Gedanken. „Wie würdest du dich entscheiden?" fragte Cecilia und schaute ihre Freundin verzweifelt an. „Was du hast, das weißt du. Was du bekommst, das kannst du nicht wissen." antwortete Barbara. Cecilia schob die Brille nach oben „War das ein Rat deiner Oma, oder was?" erwiderte sie zweifelnd.

„Ich wollte deinen Rat als Freundin." sagte Cecilia weiter, während sie aufstand „Und du solltest dein Buch richtig rum halten!" Barbara schaute nach unten und drehte das Buch um. Sie schüttelte den Kopf „Egal was ich dir rate. Du musst dich entscheiden. Ich würde nur verlieren dabei. So ein Ratschlag kann eine ganze, lebenslange Freundschaft zerstören." dann klappte sie das Buch zu und schloss demonstrativ die Augen. Für Barbara war dieses Gespräch damit beendet, aber wie ging es für Cecilia weiter. Sie schüttelte nun ebenfalls den Kopf, auch wenn Barbara dies mit geschlossenen Augen nicht sehen konnte, vielleicht machte sie das ja auch nur für sich selbst, und ging zum Wasser nach vorn. Sie lief hinein, bis das Meer zu ihrer Hüfte ging und blieb einfach dort stehen.

Eine große Welle traf sie und riss sie um. Sie schluckte Wasser, strampelte mit Armen und Beinen, bekam noch etwas Meerwasser in den Mund und musste husten. Die Frau stand wieder auf und lief zum Ufer zurück. Barbara tat so, als ob sie schlafen würde und so ging Cecilia wieder am Ufer entlang, dieselbe Strecke bis zum Ende des Strandes, die sie noch vor ein paar Minuten mit Bernd gegangen war. Nach einer ganzen Weile stand sie an der Promenade, wo es links zum Hotel von Bernd und rechts zum Schiff von Paul ging. Sie schaute nach rechts und links. Wohin nur? Sie blieb in der Mitte stehen. Mitten auf der Straße stand sie mit hängenden Schultern da. Zum Glück kam gerade kein Auto, in ihrer derzeitigen Verfassung hätte sie das Hupen sicher nicht gehört, geschweige denn darauf reagieren können. Man hätte sie von der Straße tragen müssen.

Endlich kam sie wieder zu sich. Zwei Schritte nach links, vier Schritte nach rechts und wieder zurück zur Mitte. „Hoffentlich sieht mich hier keiner, wie ich so hin und her laufen." dachte sie sich und schaute sich um. Ein paar Meter entfernt stand am Rand der Straße eine Bank und Cecilia setzte sich dort hin. Nun schaute sie direkt zum Schiff hinüber, auf dem sie gefrühstückt hatten. Ihr Herz versuchte sie von der Bank zu ziehen, aber ihr Kopf zwang sie sitzen zu bleiben. So saß sie sicher ein oder zwei Stunden dort. Die Zeit dehnte sich nur noch mehr und es wurde ihr fast schwindlig. Sie griff sich an den Kopf und konnte nicht mehr.

Sie saß hier, wie eine Katze vor zwei Milch-schälchen, die sich nicht entscheiden kann, wel-chen Napf sie nimmt und schließlich einfach zwi-schen den Näpfen verhungert. Ihre Seele verhun-gerte! Das Kreisen in ihrem Kopf hatte alle Ge-danken verscheucht. Alles war leer in ihr und nun folgte sie ihrem Gefühl. Cecilia stand auf, ging über den Steg und näherte sich dem Schiff. Ihr Herz zog sie dort hin, nun da der Kopf ausge-schaltet war. Sie wollte Paul so nahe wie möglich kommen. Still stand sie einfach da und wartete. Wo war er? Sollte sie ihn rufen?

Aus dem Inneren des Schiffes hörte sie ein Geräusch und dann kam Paul mit einer Tasse

Kaffee auf das Deck nach oben. Er sah sie neben dem Boot stehen und stellte die Tasse auf den Tisch, dann gab er ihr die Hand und sie sprang mit einem Satz auf das Boot herüber. „Möchtest du auch einen Kaffee?" fragte er, so als ob sie ihn nicht vor ein paar Stunden einfach so am Strand mit dem Eis in der Hand hatte stehen lassen. Cecilia nickte und setzte sich an den Tisch. Derselbe Platz wie am Morgen. Nun aber mit Blick auf das Hotel. Sie stand auf und setzte sie so, dass sie das Meer vor den Augen hatte. Das tiefblaue und geheimnisvolle Meer. Dessen Oberfläche all das verbarg, was sich dort darunter tat. So wie sie verbarg, was sich in ihrem Inneren tat.

Der Mann kam mit der Tasse nach oben und stellte sie wortlos vor sie hin. Er schaute ihr in die Augen und Cecilia hatte das Gefühl ihm alles erklären zu müssen. Sie begann zu erzählen von Bernd, von Karola, von ihren Zweifeln und Ängsten. Obwohl sie Paul noch nicht mal eine Woche kannte, hatte sie doch ein gutes Gefühl in sich und dachte, dass sie mit ihm über alles reden konnte. Mit Bernd hätte sie sich das nicht getraut. Und mit Barbara? Die Tipps der Freundin waren in Liebesdingen auch nicht mehr das, was sie früher mal waren. Schließlich hatte sie alles erzählt und schaute ihn an. Bittend fast und sich nach einer Antwort sehnend.

11. Kapitel

Das ewige Hin und Her

Paul legte seine Hand auf ihren Arm und schon diese eine, zärtliche Berührung elektrisierte sie. Ihr Herz machte einen Freudensprung und sie sah in seine Augen. Alles war vergessen. Sie sah sich selbst in den Augen des Mannes. Er begann „Ich kann dich gut verstehen. Einst war ich so hin und hergerissen. Ich musste mich zwischen meiner Frau und meiner Arbeit entscheiden. Ich wählte die Arbeit und habe dabei die Frau meines Lebens verloren. Aber das ist schon lange her." Cecilia schaute ihn erschrocken an. Er hatte eine Frau? Die Frau seines Lebens? Anscheinend hing er noch an ihr, sonst hätte er dies nicht gerade so betont. Andererseits hatte er gesagt, dass es schon lange her war. Was war nun in ihr los. Die ruhigen Momente auf dem Schiff hatten ihren Kopf wieder mit Gedanken gefüllt. Nun, da sie hier bei Paul saß, dachte sie an Bernd, der vielleicht gerade am Fenster des Zimmers stand und hier zu ihr herunter schaute.

Noch vor ein paar Minuten hatte sich die Berührung seiner Hand so gut angefühlt und nun?

Eigentlich wollte sie nun schon wieder weg. Nur wie, ohne ihn zu verletzen. Aber würde es nicht sowieso eine Verletzung für einen der Männer sein? Egal für wen der Beiden sie sich entscheiden würde. Mit einem Vorwand stand sie auf, verabschiedete sich und ging schnell von Bord. Nun hatte sie das Hotel direkt vor sich und folgte ihrem Kopf. Das Herz war weit hinter ihr auf den Boot geblieben. Mit schnellen Schritten und ohne sich noch einmal umzudrehen ging sie über den Steg und stand schon wenig später in der Lobby des Hotels. Sie fragte nach der Zimmernummer und betrat den Aufzug. Leise schlossen sich die Türen und mit einem Summen setzte sich der Lift in Bewegung. Nur noch ein paar Augenblicke blieben ihr bis sich die Türen wieder öffneten und sie auf den halbdunklen Flur trat. Es waren nur drei Schritte bis zu der Zimmertür.

Sie zögerte einen Moment, dann klopfte sie. Fast sofort wurde die Tür geöffnet, so als ob er hinter der Tür auf sie gewartet hatte. Sie trat ein und ohne Vorwarnung nahm er sie in den Arm. Cecilia ließ es geschehen und fühlte wieder die alte Geborgenheit; die sie bei ihm so viele Jahre genossen hatte. Bernd schloss sie in seine Arme und drückte sie ganz fest an sich. Sie schauten sich in die Augen und ihre Lippen berührten sich fast von selbst. Sie spürte in sich hinein, aber die

Schmetterlinge blieben am Boden. Nicht einer flog in ihrem Bauch herum, so wie das bei Paul gewesen war. Hatte sie dieses Kribbeln schon jemals zuvor gespürt? Sie war sich da nicht so sicher. Cecilias Knie knickten ein und er fing sie auf. Er nahm sie in die Arme und trug sie zum Bett. Bernd bedeckte ihren Körper mit hunderten von Küssen und sie ließ sich fallen. Vertrautheit stellte sich wieder ein. Aber war es Liebe?

Es war früher Nachmittag gewesen, als sie in das Zimmer gegangen war und nun wurde es draußen schon dunkel. Die ganze Zeit waren sie im Bett gewesen und sie hatte sich an ihn gekuschelt. Bernd verschwand kurz im Bad und kam wenig später zurück. Er nahm sie auf die Arme, trug sie in das Bad, dass er mit vielen Kerzen dekoriert hatte und in dem schon warmes Wasser in der Wanne mit viel Schaum darauf war. So wie sie es liebte. Er setzte sie in die warme Wanne und verschwand wiederum kurz, nur um gleich darauf mit einer Flasche Sekt und zwei Gläsern zurück zu kommen. Alles war so romantisch, so kannte sie ihn kaum noch. Am Anfang ihrer Beziehung war das oft so gewesen, nur der tägliche Kleinkram hatte sie beide abstumpfen lassen. Von irgendwo kam leise Musik, sie legte sich in der Wanne zurück und genoss die Stimmung.

In diesem Moment, im warmen Wasser, waren Herz und Kopf versöhnt. Hier wollte sie bleiben und hier tat es ihrer Seele gut. Er kniete vor ihrer Wanne und sie schaute, im Lichte der Kerzen, in seine Augen. Paul war für sie weit weg, und doch war er noch in ihrem Herzen. Bernd küsste sie auf die Seite ihres Halses und alles war gut. Sie wusste nicht mehr, wie lange sie im Bad gewesen war. Zumindest war es nun schon vollkommen dunkel, als sie an das Fenster trat um die Vorhänge zu schließen. Ihr Blick fiel dabei auf das nur spärlich beleuchtet Schiff von Paul, das etwa hundert Meter entfernt lag und noch dazu direkt vor Bernds Fenster. Sie stand einige Minuten einfach nur so da, die Vorhänge in den Händen und sah hinunter. Dieses Hin und Her musste enden. Das würde sie sonst über kurz oder lang nur zerstören. Von hinten trat Bernd an sie heran und zog die Vorhänge zu. Sie drehte sich um und küsste ihn.

Als die Sonne am nächsten Morgen wieder aufging fiel ihr ein, dass sie ja Barbara gar nicht gesagt hatte, wo sie sich aufhielt. Vielleicht machte sich die Freundin auch Sorgen. So ging Cecilia wieder zurück zum Lift und verließ das Hotel. Unmittelbar vor dem Eingang lief ihr Paul mit einer Brötchentüte über den Weg und sie blieb stehen. Was nun? Ein einziger Satz von ihm hatte alles zerstört, aber hatte sie ihn eigentlich richtig verstanden? Oder war das wieder nur ein Missverständnis gewesen, so wie das mit Bernd und Karola? Sie folgte ihm auf sein Boot und er gab ihr die Hand zum Einsteigen. Zusammen frühstückten sie, so wie schon einen Tag zuvor, als noch alles in Ordnung war und ihr Leben noch nicht so kompliziert.

„Was hast du gemeint, dass du deine Frau verloren hast?" fragte Cecilia. Diese Frage brannte in ihr schon die ganze Nacht. Er stützte den Kopf in die Hände und machte damit einen nicht mehr so ganz männlichen Eindruck. Er schien eine ganze Weile zu überlegen, bevor er begann. „Ich habe einfach zu viel gearbeitet. Irgendwann war sie weg und ich habe es noch nicht mal gemerkt." Dann griff er nach ihrer Hand und sofort waren wieder die Schmetterlinge wach. Was war das nur? Gerade eben war sie noch die ganze Nacht mit Bernd zusammen und nun, hier auf dem Schiff, war das Gefühl für Paul wieder in ihr erwacht. Was sollte sie machen? Wem der beiden vertrauen? Cecilia war bis in ihr tiefstes inneres zerrissen. Kopf oder Herz? Sie riss sich ihr Herz heraus und stand auf.

Für ein paar Augenblicke stand sie einfach nur so da und schaute ihn an. Sie stand auf dem Deck und hatte ihr Herz immer noch, bildlich gesprochen, in der Hand. Diese Entscheidung schmerzte und sie dachte an den Rat der Freundin. Über ihre Schulter schaute sie zum Hotel zurück und drehte sich zum Steg um. Mit einem großen Schritt verließ sie wortlos das Schiff. Er blieb einfach zurück.

12. Kapitel

Gefühle die brodeln

Ohne sich noch einmal umzudrehen verließ die den Steg. Sie ging die Promenade entlang und wusste, wenn sie nur eine Minute länger auf dem Schiff geblieben wäre, so wäre es um sie geschehen gewesen. Doch auch diesmal hatte sie gestutzt. Wie konnte man den nicht merken, dass der Partner einfach so weg war? Gestern das mit seiner Frau und heute nun diese Anmerkung von ihm. Ihr wurde wieder ganz komisch bei dem Hin und Her zwischen Kopf und Herz. Liebte sie diesen Mann? Sie wusste es selbst ja nicht, doch diese Zerrissenheit zwischen zwei Männern konnte nicht gut gehen. Barbara hatte diesen alten Spruch ihrer Oma gebracht und vielleicht hatte die alte Frau Recht gehabt. Die Weisheit des Alters! „Was du hast das weißt du." Cecilia sah noch die alte Gertrut vor sich, bei der sie mit der Freundin oft im Sommer im Urlaub gewesen war. Sie mochte das kleine Dorf dort am See und sie fragte sich, warum sie dort schon so lange keinen Urlaub mehr gemacht hatte.

So in Gedanken hatte sie nun den ganzen Weg zurückgelegt. Auf der Promenade, direkt vor dem Hotel drehte sie sich noch einmal um und schaute zurück auf die beiden Männer, zwischen denen sie sich entscheiden musste, dann betrat Cecilia das Hotel. Der Schlüssel war nicht an der Rezeption, also stieg sie die Treppe zu ihrem Zimmer hoch. Sie klopfte und erst nach einer ganzen Weile öffnete Barbara vollkommen verschlafen, obwohl es doch schon nach zehn Uhr war. „Und?" fragte die Freundin und ließ Cecilia ein. „Ich bleibe bei Bernd. Wir haben uns ausgesprochen und ausgesöhnt. Für den Rest der Ferien hast du hier sturmfrei. Ich hole meine Sachen und ziehe zu ihm ins Hotel." Barbara nickte nur und setzte sich auf ihr Bett, aus dem sie gerade erst aufgestanden war. Sie gähnte und schaute die Freundin an.

„Wie weißt du denn immer, dass es der Richtige ist?" fragte Cecilia und Barbara zuckte mit den Schultern. „Ich glaube der Richtige war für mich noch nicht dabei. Wer weiß." stellte sie fest und schaute auf das zerwühlte Bett hinter sich „Vielleicht ist Klaus der Mann für mich, der mich binden könnte. So lange wie mit ihm war ich vorher noch nie mit einem Mann zusammen." „Aber du kennst ihn doch noch nicht mal eine Woche." rief Cecilia aus „Eben." gab Barbara mit einem

nicken zurück. Cecilia stellte den Koffer auf ihr
Bett und öffnete ihn.

Schnell war der Koffer gepackt, eigentlich
warf Cecilia ihre Sachen nur ungeordnet hinein,
und dann umarmten sich die beiden Frauen.
„Zum Abflug treffen wir uns am Flugzeug." sagte
Cecilia, als sie die Türklinke schon in der Hand
hatte. „Mach nichts, was ich nicht auch tun würde." sagte Barbara mit einem Schmunzeln. „Versprochen." erwiderte Cecilia und zog die Zimmertür hinter sich zu. Mit Rucksack, Handtasche
und Rollkoffer machte sie sich auf den Weg die
Promenade entlang. Der Koffer hüpfte von den
Steinen und die Fahrt mit ihm war eher holprig,
also hob sie in an und trug ihn nun der Rest des
Weges. Er war ganz schön schwer und zog an
ihrem Arm.

Als sie am Steg ankam sah sie hinüber und
der Koffer fiel ihr aus der Hand. Es knallte, als
das Gepäckstück den Boden berührte. Das Schiff
war weg! Paul war abgefahren, ohne auf sie zu
warten. Ohne noch einmal mit ihr zu reden.
Wieso? Ihr Herz zog sich zusammen und sie blieb
stehen. Vor nicht mal einer Stunde hatte sie sich
für Bernd entschieden und nun liefen ihr die Tränen hemmungslos die Wangen herunter, weil

Paul weg war. Warum war er so schnell verschwunden? Hatte er gemerkt, wie sehr sie dies alles aufwühlte? Oder hatte ihre überstürzte, wortlose Flucht ihn so sehr verletzt, dass er fliehen musste?

Hinter ihr hupte ein Auto und brachte sie zurück auf die Straße. Mit dem Koffer ging sie zum Eingang des Hotels und wischte sich dort mit dem Handrücken ihre Tränen ab. Alles aus, oder ein neuer Start mit Bernd! Paul hatte ihr die Entscheidung abgenommen. Die Schmetterlinge in ihrem Bauch ballten sich zu einer Kugel zusammen, die wie ein Stein in ihrem Magen lag. Irgendwie wurde ihr übel und fast hätte sie sich übergeben müssen. Was sollte das denn nur? Sie hatte sich doch entschieden, lange vor seiner Abfahrt. Warum das denn jetzt alles? Sie schnappte in der Lobby nach Luft, wie ein Fisch der auf dem Trockenen lag. Eine Hotelangestellte kam zu ihr und fragte sie ob sie ihr helfen könne, doch Cecilia schüttelte nur den Kopf.

Der Lift brachte sie nach oben auf das Zimmer und bevor Bernd die Tür geöffnet hatte, hatte sie sich wieder einigermaßen im Griff. Bernd umarmte sie und begann sie zu trösten, obwohl er ja nicht wusste, nicht wissen konnte, was sie so aus der Bahn geworfen hatte. Ihre Affäre mit Paul verschwieg sie, auch wenn sie zu diesem Zeitpunkt ja noch getrennt gewesen waren, aber irgendwie war ihr das peinlich. Wieder so ein Gefühl, das sie bisher nicht gekannt hatte. Bisher war ihr fast nicht peinlich gewesen, selbst Barbaras kurze Röcke hatte sie immer mit Humor kommentiert.

Sie schob einfach den Koffer in das Zimmer und stellte ihn in die Ecke. Vermutlich würde sie den Inhalt des Gepäckstückes für den Rest des Urlaubs nicht mehr brauchen. Und doch musste sie ihn öffnen. Bernd sagte ihr nur „Mach dich ganz besonders schick." Und daher suchte sie ihr schönstes Kleid aus dem Koffer heraus, das kleine schwarze, das sie nur für ganz besondere Anlässe mitgenommen hatte.

Zum Abendessen hatte Bernd in einem der teuersten Restaurants der Insel einen Tisch reservieren lassen und er gab ihr das Gefühl für ihn der wichtigste Mensch der Welt zu sein. Die Schmetterlingskugel löste sich langsam auf und wich einem Gefühl der Vertrautheit. Auf dem Heimweg kuschelte sie sich ganz eng an ihn und das Schiff, und ihr Abenteuer darauf, waren weit weg.

Die folgenden Tage verließen sie das Zimmer nicht, sondern er ließ das Essen immer vom Zimmerservice bringen. Auch aus dem Fenster zu sehen vermied sie, der Schmerz des leeren Anlegestegs wäre zu groß für sie gewesen.

13. Kapitel

Blicke übers Meer

Erst am Morgen des Abflugtages verließen sie das Hotel wieder. Vom Eingang aus sah sie den Steg und die leere Stelle, an der Pauls Boot gelegen hatte. Sie war nicht wieder belegt worden, oder Paul hatte den Platz für sie sich für eine längere Zeit vom Hafenmeister reservieren lassen. Sie ging langsam zu der Stelle und setzte sich dort hin. Cecilia ließ ihre Füße ins Wasser hängen und schaute auf das Blau des Meeres hinaus. Vermutlich würde sie diesen Mann nie wieder sehen.

Bedauerte sie dies? Ein bisschen schon. Es war so schön in seinen Armen gewesen, vorbei. Die Chance war vertan. Irgendwann hatte sie mal gehört, man sieht sich immer zweimal im Leben. Wenn das wirklich stimmte, so würde sie vermutlich auch beim nächsten Mal nicht wissen, wie sie sich entscheiden sollte. Sie sah hinaus und ein paar Tränen stiegen ihr ins Gesicht. Sie fielen von ihrem Kinn direkt in das Meer zu ihren Füßen. War darum das Meer so salzig? Wegen all der Tränen die die Menschen seit ewigen Zeiten in ihrem Kummer vergossen hatten?

Vom Hotel aus rief Bernd nach ihr, da das Taxi zum Flugplatz wartete. Er hatte die Koffer schon eingeladen und hielt die Tür des Autos offen. Cecilia stand auf, wischte sich schnell die Tränen ab und ging zu ihm hin. Bevor sie einstieg gab sie ihm einen Kuss. Die Fahrt dauerte fast eine Stunde. Es ging über die halbe Insel und manchmal konnte sie auch noch mal das Meer sehen. Als sie ausstieg sah sie Barbara, die mit Klaus auf einer Bank vor dem Flughafengebäude saß.

Die beiden Freundinnen winkten sich zu. Barbara stand auf und sie trafen sich am Eingang zum Gebäude. „Und" fragte Barbara. „Ich habe nur das gemacht, was du sicher auch gemacht hast." erwiderte Cecilia und zwinkerte der Freundin zu. Beide lachten. Klaus und Bernd schleppten hinter ihnen ihre Koffer in das Gebäude hinein.

Als das Flugzeug dann startete, konnte Cecilia aus dem Steigflug heraus noch einen Blick über das Meer werfen und ihr war, als hätte sie Pauls Boot unter sich gesehen. Vielleicht fuhr er nun wieder zurück, nur sie würde er dort nicht mehr finden. Vielleicht war es ja auch ein anderes Boot. Wieder rollten die Tränen über ihre Wangen. Bernd sagte, die Situation missverstehen, „Wir fahren bald wieder mal in den Urlaub." sie nickte und wischte sich die Tränen mit dem Handrücken ab.

Am späten Nachmittag waren sie dann wieder in Hamburg gelandet. Zuerst musste sie zu Barbara, um dort ihre Sachen zu holen und diese dann mit zu Bernd in die ehemalige gemeinsame Wohnung zu nehmen. Er begleitete sie und half ihr beim Tragen. Ganz wie ein Gentleman. Ein bisschen unwohl war ihr ganz kurz, als sie die alte Wohnung wieder betreten hatte. Hatte er ihr wirklich die Wahrheit über sich und Karola gesagt? Aber darüber wollte sie im Moment nicht nachdenken. Nach diesem Wochenende würde die Arbeit wieder rufen. Bis dahin hatte sie aber noch ein paar gemeinsame Tage mit kuscheln und allem was da dazu gehörte.

Montagmorgen. Auf dem Weg zur Arbeit stieg Barbara zu ihr in die Straßenbahn ein und fragte, wie das Wochenende so gewesen war. Der verschmitzte Gesichtsausdruck von Cecilia sagte ihr aber alles. An diesem ersten Arbeitstag nach dem Urlaub schaute Cecilia von ihrem Platz aus zum Fenster hinaus und bemerkte erst an diesem Tag so wirklich, dass sie ja auch von hier aus auf den Hafen und damit auch auf das Meer schauen konnte.

Bisher hatte sie das nur nebenbei festgestellt. Natürlich war hier in Hamburg jeder auf die eine oder andere Art mit dem Wasser verbunden, aber sie hatte nun einen ganz speziellen Zugang zum Meer gefunden. Sie wusste, dass Paul da irgendwo war. Irgendwo da draußen war sein Schiff. „Cecilia du träumst." rief Barbara und als die Freundin sich zu ihr hinwendete sagte sie „Du hast gerade 40 Tonnen Bananen nach Berlin statt nach Köln geschickt. Zum Glück habe ich es gemerkt und geändert." Barbara klopfte mit den Stift auf den ausgedruckten Fahrauftrag, der vor Cecilia lag.

Sie sah auf den Auftrag und dann zu Barbara. „Danke." war alles, was sie sagen konnte. Schließlich stand sie auf und schob ihren Tisch, den Stuhl und den Computer so hin, dass sie mit dem Rücken zum Hafen saß und die Wand anschauen musste. „Na ja, wenn's hilft." sagte Barbara, als sie dem Treiben der Freundin zusah und zuckte mit den Schultern, bevor sie den nächsten Auftrag bearbeitete.

In den Pausen konnte Cecilia aber keinen Blick vom Wasser lassen, und das obwohl sie doch wieder mit Bernd zusammen war und das Abenteuer auf dem Boot lange vorbei war. Aber ihr Herz hing noch an Paul. Es würde wohl ewig an ihm hängen, vielleicht auch, weil er es gewesen war, der gegangen war und ihr gar nicht die Chance für eine Erklärung gegeben hatte. „So ein Mist." stöhnte Cecilia.

Am Abend machte sie extra einen Umweg auf der Straße, die sie sonst zur Straßenbahnhaltestelle führte. Sie setzte sich an eine Stelle, an der sie den Hafen überblicken konnte und begann wieder zu grübeln. Sie saß da auf der Bank, bis es langsam dunkel um sie herum wurde. Warum, wusste sie selbst nicht. Der Blick über den Hafen beruhigte sie irgendwie, zugleich regte er sie aber auch auf. Trotzdem konnte sie sich nicht von der Bank bewegen. Die kleinen Schiffe faszinierten sie schon lange. Sie dachte daran, dass sie sich ja schon so lange gewünscht hatte mit einem Segelboot zu fahren. Dies hatte erst mit Paul geklappt und das obwohl sie hier direkt an der See aufgewachsen war.

Hatte auch das etwas zu bedeuten? Sie schaute über den Hafen und hatte das Gefühl, dass dort hunderte von Segelschiffen gerade in dem Moment in den Hafen fuhren. Das konnte doch aber auch kein Zufall sein. Oder? Erst mit ihm und an einem fernen Strand hatte es geklappt.

Der Mond schob sich langsam hinter den Wolken hervor und sie dachte an die Nacht am Strand, als er auf einmal hinter ihr gestanden hatte. Sie lauschte in die Stille und hoffte, dass er sie ansprach, so wie damals am Strand. Was würde sie diesmal sagen? Cecilia wusste es nicht. Der Mond schickte sein Licht auf die Wasserfläche vor ihr. „Los Cecilia, du musst Heim." sagte sie laut zu sich selbst und riss sich vom Wasser los.

14. Kapitel

Zweifel

Ihr Urlaub war nun schon wieder drei Monate her und bis jetzt kümmerte sich Bernd ganz ausgezeichnet um sie. Er versuchte ihr jeden Wunsch von den Augen abzulesen, war zuvorkommend und fast schmerzhaft liebevoll. Es war fast so wie zu Beginn ihrer Beziehung, als er sich damals um sie bemüht hatte. Aber genau das machte sie unsicher. Es war ihr fast ein kleines wenig zu viel des Guten. Genau dieses zu viel machte die Zweifel in ihr groß. Auch die Schmetterlinge, die sie mit Paul gespürt hatte, waren nicht zurückgekommen. Hatten die Zweifel diese getötet? Oder betäubt? Sie legte die Hand auf ihren Bauch und spürte das Grummeln darin.

Warum ging er so auf sie ein? Wieso machte er das? Aus schlechtem Gewissen? Oder um sie in Sicherheit zu wiegen? Der Zweifel begann an ihr zu nagen. Jede fünf Minuten, die er zu spät kam, jedes fremde Parfüm, das er an sich hatte, und jedes lange Haar, das Cecilia nicht zu ihren eigenen zuordnen konnte, verstärkte den Zweifel und immer sah sie Karola vor sich, wie diese damals aus dem Bad gekommen war.

Dieser Zweifel wurde zu einem tiefen Misstrauen, dem sie nicht mehr entkommen konnte. Schließlich hatte er eines Abends seinen Terminplaner auf dem Tisch vergessen, den er sonst immer sorgsam in die Aktentasche gesteckt hatte. Wie ein innerer Zwang war es für sie, dort drin zu blättern. Sie hasste sich dafür, aber es musste sein. Schnell klappte sie das kleine Büchlein auf. Für den nächsten Tag stand bei 11:30 Uhr ein großes K. K wie Kunde, aber eben auch K wie Karola.

Konnte das wirklich sein? War er aber auch wirklich so dumm, die Schäferstündchen mit seiner Kollegin in seinen Terminplaner einzutragen? Vielleicht war es keine Dummheit, sondern nur Ordentlichkeit, und ordentlich war er bis zur Perfektion. Alles musste bei ihm geordnet zugehen, alles hatte seinen Platz und seine Zeit. Fast pedantisch hielt er alles immer ein und schrieb alles auf. Somit konnte er wohl aber auch nicht aus diesem Zwang heraus. Ein bis zweimal pro Woche stand da ein K. Sonst immer ein Name und eine Adresse. Cecilia blätterte schnell ein paar Seiten vor und zurück. Alles andere war ausgeschrieben, nur das K war als Abkürzung da.

Nun konnte sie niemand mehr zurück halten. Leise klappte sie den Planer zu und begann zu überlegen. Ein Gedanke begann in ihrem Kopf den nächsten zu jagen und wenn der Zweifel schon mal da war, so konnte sie ihn auch nicht mehr aus dem Kopf bringen. Schnell rief sie bei Barbara an und sagte „Du musst mich morgen auf Arbeit entschuldigen. Mir geht es nicht so gut." noch bevor die Freundin etwas fragen konnte hatte sie auch schon wieder aufgelegt.

Als Bernd ins Zimmer kam, und sie mit dem Telefon in der Hand sah, log sie „Ich muss morgen länger arbeiten. Barbara hat gerade angerufen." er nickte nur, ohne eine Miene zu verziehen. Waren ihre Zweifel unbegründet? Wer konnte es Wissen? Morgen würde sie es ja sehen. Woher sie die Gewissheit nahm, dass sie das erfahren konnte, wusste sie selbst nicht. Ein Plan reifte in ihr heran.

Nach dem Frühstück am nächsten Morgen verabschiedete sie sich schnell, verließ die Wohnung, setzte sich in das kleine Café, das auf der anderen Straßenseite lag und von wo aus sie die Haustür im Blick haben konnte. Sie bestellte sich einen Cappuccino und wartete. Eine halbe Stunde später verließ Bernd das Haus und stieg in sein

Auto ein. Sie wartete noch ein paar Minuten, zahlte und ging in die Wohnung zurück.

Cecilia sah sich in der Wohnung um, alles ganz normal. Was hatte sie erwartet? Sie betrat den begehbaren Kleiderschrank und packte ihre Sachen zusammen, dann stellte sie die Koffer im hinteren Teil des Schrankes bereit und sah auf die Uhr. 10:47 zeigte der Wecker. Sie sah sich noch einmal um und setzte sich in den Kleiderschrank. Im Dunkeln des Zimmers wartete sie. Wie konnte sie so sicher sein, dass er hierher kommen würde und nicht mit Karola im Büro blieb? Oder zu ihr nach Hause fuhr?

Sie schob die Tür einen kleinen Spalt auf, so dass sie alles hören und viel sehen konnte. Cecilia hatte alle Türen in der Wohnung offen gelassen und auch ihre Jacke hatte sie mit in den Schrank genommen. Alles sollte so aussehen, wie Bernd es verlassen hatte, damit er beim Betreten der Wohnung keinen Verdacht schöpfen würde. Sie wartete stumm in der Finsternis und hätte sich fast vor die Stirn geschlagen. Was machte sie hier? Das war so ziemlich das unvernünftigste, was sie machen konnte. Sie sah auf die Leuchtziffern ihrer Armbanduhr. 11:51 zeigten die Zeiger an. Nichts war passiert. Sie wollte gerade aufstehen und den Schrank verlassen, als sie ein Geräusch aus dem Flur hörte.

Es klang wie ein Schlüssel, der sich im Schloss drehte und dann leise Stimmen. Stoff raschelte. Wenig später lief Karola in Unterwäsche am Schrank vorbei und verschwand aus Cecilias Sichtbereich. Bernd folgte ihr kurz darauf und zog sich im Gehen sein Hemd aus. Nach ein paar Augenblicken waren eindeutige Geräusche aus dem Schlafzimmer zu hören. Sie trat die Schranktür mit dem Fuß auf und betrat den Raum.

Der Knall der sich öffnenden Tür ließ Bernd herumfahren, er war nackt und Karola, die vor ihm im Bett lag, versuchte schnell die Bettdecke vor ihren Körper zu ziehen, was ihr nicht wirklich gelang. Cecilia stand fassungslos da. Alle ihre Befürchtungen bestätigten sich gerade. Sie brüllte ihn an „Du Arsch, du Schwein. Wegen dir habe ich die Liebe meines Lebens fahren lassen und wofür. Dafür, dass du mich hier betrügst. Und sage mir nicht wieder, dass es nur ein Missverständnis ist."

Cecilia drehte sich um, holte ihre Koffer aus dem Schrank und kam zurück. Sie warf Karola ihren Wohnungsschlüssel zu und verließ die Wohnung mit den beiden überraschten Nackten. Mit einem Knall fiel die Wohnungstür hinter ihr ins Schloss.

Das Kapitel Bernd war für sie zu Ende. Wenig später saß sie vor Barbaras Wohnung und wartete, dass die Freundin wieder von der Arbeit nach Hause kommen würde. Warum war sie nur so dumm gewesen ihm zu Glauben und nicht auf ihr Gefühl zu vertrauen? Da war es wieder, das Herz, und das Gefühl, das ihr die Richtung zeigen wollte.

15. Kapitel

Noch eine zweite Chance?

Erst mal hatte sie von Männern genug. Das war eine einzige Katastrophe gewesen. Warum nur hatte sie ihm überhaupt geglaubt? Nun wohnte sie schon wieder eine Woche bei Barbara, als abends ihr Telefon klingelte und sie abnahm, ohne zu schauen, wer dran war. Bernd meldete sich und sagte „Es tut mir Leid. Gib mir noch eine Chance es wiedergutzumachen." Cecilia brauchte eine Minute um sich zu fangen. „Hallo, bist du noch dran?" fragte er und sie begann „Was tut dir leid? Das du mich schon wieder betrogen hast? Oder das ich dich erwischt habe?"

Keine Antwort kam aus dem Hörer „Wie viele zweite Chancen soll ich dir den geben? Ich möchte mit dir nichts mehr zu tun haben. Und rufe mich nie mehr an!" beendete sie das Gespräch, ohne auf seine Antwort zu warten. Die wäre ja sowieso nur gelogen gewesen. Barbara sah sie an „Der traut sich was, dich nach der Nummer auch noch anzurufen." sagte sie Kopfschüttelnd.

Cecilia warf das Telefon auf das Sofa, von dem es zurückprallte und auf den Boden aufschlug, wo es in seine Bestandteile zerplatzte. „Das konnte aber nichts dafür." stellte Barbara fest, während sie die Einzelteile zusammen suchte und in den Mülleimer warf. „Ich bin so sauer auf ihn. Hat er mich eigentlich je geliebt? Wer weiß wie lange er mich schon betrügt? Vielleicht schon immer und ich dummes Huhn habe es nicht mitbekommen! Ich habe den Haushalt gemacht, für das Essen gesorgt und sonst auch alles für ihn gemacht. Und fürs Bett hatte er Karola. Für unser Bett!" Cecilia stampfte wütend mit dem Fuß auf.

Durch das aufstampfen wackelte eine Vitrine, die in der Ecke des Zimmers stand, so sehr, dass Barbaras wertvolle Glastiere darin zu klirren begannen. „Las meine Wohnung ganz!" rief die Freundin erschrocken und drückte Cecilia auf das Sofa. „Vielleicht hätte ich mit Paul mehr Glück gehabt. Bei ihm habe ich die Liebe gespürt" klagte Cecilia und schlug auf ein Kissen ein, das ihr Barbara zum abreagieren hinhielt.

Sie dachte wieder an Paul und die schönen Stunden im Urlaub. Die Seefahrt und die Zärtlichkeit auf dem Schiff. Nun kamen ihre Tränen und Barbara wechselte vom Kissen zur Packung

Taschentücher, die sie ihr gab. „So ein Mist." schluchzte Cecilia „Ich habe die falsche Entscheidung getroffen." Sie wischte sich die Tränen ab und setzte fort „Paul würde ich sofort eine zweite Chance geben. Das war doch alles nicht so schlimm, was er mir erzählt hat."

Barbara hielt schnell wieder das Kissen hin und Cecilia verprügelte das Stück Stoff so, als ob es etwas dafür gekonnt hätte, dass sie nun in dieser misslichen Lage war. Sie hatte nicht mal eine Anschrift, keine Telefonnummer, noch nicht mal seinen Nachnamen kannte sie. Nur Paul von der „Weißen Möwe" Mit dieser Anschrift würde noch nicht mal ein Brief zugestellt werden können. Wo sollte sie ihn finden? Sie schaute Barbara verzweifelt an und die Freundin nahm sie tröstend in den Arm.

„Warum war ich nur so dumm?" stöhnte Cecilia „Weil du auf deinen Kopf gehört hast und nicht auf dein Herz." entgegnete Barbara und strich ihr über die Haare, wie eine Mutter, die ihre Tochter tröstete.

Beide Frauen saßen noch eine ganze Weile so da und immer weiter versuchte Barbara die

Freundin zu trösten. Was ihr jedoch auch weiterhin kaum gelang. Später weinte sich Cecilia in den Schlaf, aus dem sie am nächsten Morgen vollkommen fertig wieder erwachte. Als sie in den Spiegel sah erschrak sie vor sich selbst So konnte das nicht weiter gehen. Doch wie? Wo war der Ausweg aus dem Dilemma? Konnte sie Paul irgendwo erreichen? Oder war sie schon wieder soweit für einen neuen, anderen Mann? So wie Paul sie angezogen hatte, so hatte er sie doch auch mit seinen Äußerungen abgeschreckt. Konnte es sein, dass er nicht viel anders war als ihr Ex-Freund? Vielleicht waren ja alle Männer so.

Sie stampfte im Bad mit dem Fuß auf, so als ob das helfen würde. Als sie aus dem Bad kam, musste sie an der kleinen Kommode im Flur vorbei, wo das Telefonbuch lag. Einen kurzen Moment überlegte sie und hatte schon ihre Hand darauf gelegt. Doch wie sollte sie ihn finden? Einfach alle Männer mit Namen Paul in Hamburg anrufen? Und dann war er vielleicht auf seinem Boot. Oder seine kleine Tochter, wenn er eine hätte, würde rangehen. Was würde sie dann wohl machen? Wie würde sie reagieren?

Sie ging weiter, ohne eine Entscheidung zu treffen. Momentan war sie offensichtlich noch nicht bereit für einen neuen Versuch. Sonst hätte sie irgendein Gefühl gehabt, wo sie ihn vielleicht suchen sollte. Im Augenblick fühlte sie sich nur leer und ausgebrannt. Sie verschwand in ihrem Zimmer und zog sich für die Arbeit an. Barbara würde sie dann bestimmt gleich zum Frühstück holen.

Gemeinsam fuhren sie zur Arbeit und Barbara merkte wohl, wie es um Cecilia stand. Sie hatte aber das Gespür dafür, dass es bei der Freundin im Moment nicht gut ankam, wenn sie über Männer mit ihr sprach und so saßen sie nur schweigend im Auto nebeneinander. Auch auf der Arbeit bleiben ihre Unterhaltungen eher kurz und auf das Wesentliche bezogen. „So kann das nicht weiter gehen mit dir." murmelte Barbara und schaute die Freundin an.

Aber es kam keine Antwort von Cecilia. Nicht mal das Blitzen in ihren Augen, oder ein frecher Kommentar, wenn einer der Kollegen einen Witz gemacht hatte, kam von ihr. So ging das den ganzen Tag und es schien immer schlimmer zu werden. „Zum Glück ist heute Freitag." stöhnte Barbara und Cecilia wusste, was das bedeuten würde. Die Freundin würde gern wieder mit Klaus um die Häuser ziehen. Nur um sie nicht zu verletzen unterließ sie dies nun oft. Fast ohne Gegenwehr hatte die Freundin ihr Privatleben für Cecilia geopfert. Früher waren sie oft gemeinsam losgezogen und hatten Spaß gehabt, doch nun, nach dieser großen Enttäuschung mit Bernd, war ihr Selbstvertrauen so am Boden, dass sich Cecilia nicht mehr unter Leute traute.

Und dabei war es so ein schöner Sommer. Sie hätten draußen am Wasser sitzen und Spaß haben können. Doch in ihrem Selbstmitleid fand sie keinen Ausgang. Sie war einfach nur traurig und dies machte nun wieder Barbara traurig. Immer mehr zog sich Cecilia in der Wohnung, wie in einem Schneckenhaus, zurück.

16. Kapitel

Liebe und andere Katastrophen

Barbara schaute ihre Freundin an. „Willst du hier eigentlich versauern?" Cecilia schaute von ihrem Buch auf. „Warum?" fragte sie „Na schau dich doch mal an. Zerzauste Haare, Jogginghose und Schlabber T-Shirt. Es ist Sonnabend und du solltest ausgehen!" erwiderte Barbara „Der Freund von Klaus hat Interesse an dir gezeigt und ich würde heute Abend gern mit Klaus ..." sie ließ das Ende vom Satz offen, zwinkerte dabei aber Cecilia zu.

„Muss ich wirklich?" fragte Cecilia „Du musst! Peter ist in zwei Stunden da und holt dich ab!" erwiderte Barbara und scheuchte die Freundin ins Bad. Es dauerte mehr wie eine Stunde, bevor sie wieder aus dem Bad heraus kam. Sie hatte eine Jeans und eine Bluse angezogen. Barbara schüttelte den Kopf. „Hast du denn nichts anderes? Einen kurzen Rock? Ein ärmelloses Top? Du siehst wie meine Mutter aus." stellte sie fest.

„Zum ersten Date?" fragte Cecilia sichtlich entrüstet. „So bekommst du nie jemanden ab. Los zurück ins Bad. Ich bringe dir was von mir!" sagte Barbara und schob die Freundin trotz Protest ins Bad zurück. „Deine Unterwäsche ist ja auch nicht so toll." sagte Barbara, als sie Cecilia die Bluse abnahm. Schnell suchte sie etwas in ihrem Schrank und zum Glück hatten sie beide dieselbe Konfektionsgröße.

Eine halbe Stunde später stand eine ganz andere Cecilia im Flur und Barbara war zufrieden mit dem Ergebnis ihrer Bemühungen. Cecilia schaute an sich herunter „Eigentlich habe ich gar keine Lust ..." „Die Lust kommt beim Flirten." unterbrach Barbara den Satz der Freundin und in diesem Moment klingelte es an der Wohnungstür. „Die sind ja pünktlich." sagte Barbara und ging zur Tür. Die beiden Männer standen davor im Flur. Barbara zog Klaus in die Wohnung und gab danach Cecilia einen Stoß in den Rücken, so dass sie in die Arme von Peter flog.

„Bleibe bis Mitternacht weg. Du kannst auch über die Nacht bleiben." sagte Barbara, gab der Freundin die Handtasche heraus, zwinkerte ihr zu und schloss die Tür vor der entrüsteten Cecilia. Da stand sie nun vor der Tür. Sie schaute Peter an und fand ihn ganz nett. Er hatte sie mit seinen starken Armen aufgefangen und die kurzen Haare waren ordentlich gescheitelt, soweit dies ging. Nur seine blauen Augen erinnerten sie irgendwie an Bernd. Aber was sollte es, vielleicht würde es ein schöner Abend. Zusammen verließen sie das Haus. „Wohin?" fragte sie Peter, als sie vor dem Haus standen. „Zuerst ins Kino und dann in eine Bar?" antwortete er.

Das passte ihr gar nicht, obwohl sie ihn ja gefragt, und damit er zu entscheiden, hatte. „Zuerst tanzen und dann in ein Café." legte Cecilia fest „Auch gut." antworte er und nahm sie bei der Hand. Wenig später betraten sie einen kleinen Club, in dem Cecilia schon ein paar Mal gewesen war, allerdings war das bestimmt schon Jahre her. Zumindest kam ihr das so vor. Sie tanzten ein paar Stunden, Cecilia dachte wieder an den Tanzabend auf Kreta und manchmal hatte sie das Gefühl, dass Paul sie im Arm hielt. Die beiden tranken auch etwas und später verließen sie dann den Club. Draußen war es schon dunkel. Auf dem Weg zum Café zog Peter sie plötzlich in eine dunkle Haustür. Dort stand sie mit dem Rücken zur Wand. Er wollte sie küssen und hatte seine Hand schon unter ihrem Top, die andere suchte den Rand ihres Rockes.

Cecilia stieß ihn zurück und befreite sich aus seinem Griff. Wenig später rannte sie weg und ließ Peter einfach dort stehen. „Männer!" dachte sie nur zornig und wollte nun alleine ins Kino gehen. Sie stand vor der Tafel und las die gezeigten Filme durch, als sie Karola an sich vorbei gehen sah. Sie folgte ihr und schon bald standen sie vor ihrer ehemaligen Wohnung. Cecilia blieb etwas zurück im Dunklen stehen. Karola klingelte, obwohl sie doch eigentlich Cecilias Schlüssel hatte. Bernd antwortet an der Sprechanlage „Komm rauf, Schatz." dann öffnete er.

„Schatz." so hatte er sie immer genannt. So einfach war sie ausgetauscht worden, aber sie wollte mit ihm nichts mehr zu tun haben. Warum war sie eigentlich hier? Warum war sie Karola gefolgt? Sie drehte sich wieder um und ging doch in die Spätvorstellung des Kinos, um Barbara noch etwas Zeit zu geben. Es gab nur noch einen Liebesfilm. Sollte sie da rein gehen? Schließlich saß sie in dem dunklen Raum uns schaute auf die Leinwand. „Bei mir ist die Liebe immer eine Katastrophe. Bernd, Paul und Peter. Warum habe ich nur so ein Pech. Warum kann mein Leben nicht so sein, wie bei Julia Roberts in diesem Film, die am Ende ihren Traummann bekommt?" dachte Cecilia und heulte im Kino in ihr Taschentuch.

Zwei Reihen vor ihr saß ein Liebespaar, das sich den ganzen Film über küsste, fast ohne Unterbrechung. Und das machte es für sie auch nicht viel leichter. Cecilia versuchte sich auf den Film zu konzentrieren, aber das Pärchen saß dabei genau in ihrem Blick.

Sie dachte an Paul zurück, weil der Mann sie mit seinen Haaren genau an ihn erinnerte. Vielleicht war er noch der Beste von all ihren Männern gewesen. Wenn sie noch mal eine Chance zu einem Treffen bekommen würde, so würde sie ihn sicher nicht wieder so stehen lassen. Wieder krampfte sich ihr Herz zusammen. Paul hatte so etwas wie einen Bann über sie gelegt, einen Bann der Liebe. Leise schlich sie aus dem Film, bevor er zu Ende war.

Sie schlenderte durch die nächtlichen Straßen der Stadt, wo viele andere Menschen sich erst jetzt aufmachten um sich zu amüsieren. Sollte sie noch in eine Bar gehen? Eigentlich hatte sie von diesem Abend genug und nach der Katastrophe mit Peter war ihr nun nicht mehr für eine Feier zumute. Sie schaute die anderen Pärchen an und dachte an ihren abendlichen Ausflug damals in Kreta mit Paul. Und wieder war er in ihrem Gedanken. Immer wenn sie ein Pärchen sah, musste

sie an ihn denken. Das war doch aber nicht normal. Oder etwa doch?

Erst mitten in der Nacht war Cecilia wieder
zu Hause bei Barbara. Leise schlich sie in ihr
Zimmer. Als sie an Barbaras Zimmer vorbei ging
hörte sie, dass die Freundin immer noch Spaß mit
Klaus hatte. Schnell verschwand sie in ihrem
Zimmer und doch waren die Geräusche mehr als
deutlich zu hören. So schlief Cecilia endlich in
ihrem Bett ein.

17. Kapitel

Der Rat einer Freundin

Sie sah Paul direkt vor sich stehen. Nur ein paar Meter trennten Cecilia von ihm. Konnte das sein? Schnell lief sie auf ihn zu. Sie fiel ihm um den Hals und er küsste sie. Paul nahm sie in seine starken Arme, hob sie auf und trug sie zu seinem Bett. Als er sie ablegte und sich über sie beugte, wachte sie auf. Es war nur ein Traum gewesen. Wieder zog sich ihr Herz zusammen. Konnte sie nicht noch ein paar Minuten weiter träumen?

„Mist." stöhnte sie und horchte in die Wohnung. Bei Barbara und Klaus war gerade Ruhe. Eventuell schliefen sie nun. Es war 04:32 Uhr, wie der kleine Wecker neben ihrem Kopf in roter Schrift zeigte. Cecilia stand auf und ging ins Bad. Im Flur kam ihr Barbara entgegen, die vor Glück strahlte.

Die beiden Frauen begrüßten sich mit einem nicken und Barbara verschwand wieder in ihrem Zimmer. Wenig später schlief auch Cecilia, aber der Traum kam nicht wieder zu ihr zurück. Hier im Traum gab es keine Fortsetzung. Würde es diese im richtigen Leben geben? War sie nun für die neue Suche bereit? Zum Frühstück saßen sie alle in der Küche. „Wie war dein Abend mit Peter?" fragte Barbara und Cecilia zog nur die Augenbrauen zusammen. „Am Anfang ganz nett, aber dann nicht mehr so toll." erwiderte sie erst nach einer ganzen Weile.

„Ich war so dumm, dass ich ihn habe fahren lassen." stöhnte Cecilia und schlug sich die Hände vor ihr Gesicht. „Du hast auf deinen Kopf gehört, nicht auf dein Herz. Deshalb ist das so gekommen." antwortete Barbara. Cecilia sah sie trotzig an „Aber du hast mir doch dazu geraten. Erinnerst du dich an das, was du mir am Strand gesagt hast? An den Spruch von deiner Oma? Was ich nun habe, dass sehe ich ja nun!" sie stand auf und ging zum Fenster.

Sie sah ein kleines Zipfelchen des Hafens und schaute zu Barbara zurück. „Was soll nun werden?" fragte Barbara und stand auf. „Ich will Paul zurück!" antwortete Cecilia entschlossen. Die Freundin trat zu ihr an das Fenster und sagte „Dann werden wir ihn finden! Klaus ist ja beim Hafenmeister beschäftigt und ich kenne alle mög-

lichen Leute. Las uns nur machen." beruhigte
Barbara die Freundin und strich ihr übers Haar.

Klaus nickte und holte seine Jacke. Er verabschiedete sich mit einem Kuss von Barbara, die
sich vor ihren Computer setzte und dann mit dem
Telefon begann ihre Adressliste abzutelefonieren.
Eine Weile stand Cecilia noch neben ihr, aber
was konnte sie hier tun? Außer die Freundin von
der Arbeit abzuhalten. Also machte sie das einzige, was ihr im Moment sinnvoll erschien und
ging ins Bad. Immer wenn sie traurig war, legte
sie sich in die Badewanne, das hatte schon früher
immer geholfen. Vielleicht half es auch diesmal.
Sie ließ sich eine warme Wanne ein und legte
sich in den duftenden Schaum. Sie versuchte zu
entspannen, aber das gelang ihr nicht richtig. Ihre
Gedanken waren bei Paul, der irgendwo auf der
See war.

Nach etwa einer Stunde steckte Barbara den
Kopf ins Bad. „Ich habe ihn!" rief sie. „Wen?"
fragte Cecilia, so als ob sie die Antwort nicht
schon kenne würde, aber sie wollte eine Bestätigung. Sie zwang sich ruhig zu bleiben. „Na deinen Paul." erwiderte Barbara „Wirklich?" rief
Cecilia aus. Mit ihrer Beherrschung war es nun
endgültig vorbei. Sie sprang aus der Wanne, dass

das Wasser in das Bad schwappte und für eine kleine Überschwemmung sorgte. „Entschuldige." sagte Cecilia kleinlaut und wickelte sich in ein Handtuch. Zusammen mit Barbara wischte sie das Wasser auf, während Barbara erzählte.

„Du kannst dich doch erinnern, dass Paul uns das Plakat in Kreta gezeigt hat. Das mit der Eiswerbung. Ich habe es im Internet wieder gesehen. Darüber habe ich dann die Agentur gefunden. Obwohl heute Sonntag ist, habe ich dort jemanden erreicht. Eine Frau aus dem Büro hat mir erzählt, dass Paul damals hierher musste, weil sein Freund, der die Firma leitet, einen Unfall hatte. Erst nach einer Woche ist er zurückgekehrt, an dem Tag, an dem wir zurückgeflogen sind." „Ich habe das Schiff gesehen, als wir gestartet sind." sagte Cecilia schließlich. „Und wo ist er nun?" fragte sie fordernd.

„Das konnte sie nicht sagen. Er ist sicher auf dem Wasser. Sie hat aber gesagt, dass er auch nach dir gesucht hatte, aber wie und wo sollte er dich finden? Am Montag, also morgen, können wir da noch mal anrufen. Ab Mittag sind da alle da, die wir dazu fragen können. Sein Freund ist auch wieder da, und der kann dir bestimmt eine gute Auskunft geben." schloss Barbara und drückte das letzte Wasser in den Eimer. „Das machen wir! Danke dir." erwiderte Cecilia und fiel der Freundin um den Hals. Nun konnte sie es gar nicht erwarten, dass das Wochenende zu Ende ging und die neue Woche anfing. So lange hatte sie gewartet und nun war eine Antwort auf ihre Frage, wo sich Paul befand, in greifbare Nähe gerückt.

Es war wie ein Zeichen für sie, dass das alles geklappt hatte und Barbara die Frau dort erreicht hatte. So einen Zufall konnte es doch gar nicht geben? Oder doch? Am Sonntag irgendwo anzurufen und auch noch jemanden am Telefon zu haben, der Bescheid wusste. In ihrer Firma hätte sie da höchstens den Nachtwächter dran gehabt und der hätte sicher nur gesagt „Rufen sie morgen wieder an." Cecilia drehte sich, auf dem Sofa sitzend, zu Barbara um und fragte „Was hat den die Frau gesagt? Hat er Familie?" aber Barbara schüttelte den Kopf „Nein, er hatte mal eine Frau, aber die hat ihn schon lange verlassen." „Ja, das hat er mir auch erzählt. Und er hätte sicher nicht nach mir gesucht, wenn er nicht auch Interesse an mir haben würde." stellte sie fest.

„Das ist wohl so." bestätigte Barbara und nickte zur Bekräftigung. „Ich schätze ihn zumindest so ein. Aber du hättest ihn ja damals fragen können, anstatt einfach wegzurennen." „Da hast du wohl Recht. Ich war so dumm." beendete Cecilia das Gespräch und schaute wieder nach vorn auf den Fernseher. Es begann gerade eine Dokumentation über Kreta und auch das hielt sie für ein gutes Omen.

18. Kapitel

Noch eine Entscheidung

Das Telefon klingelte, es war montagmorgens, kurz vor der Frühstückspause in der Firma, und Barbara nahm den Hörer ab. Nach einem kurzen Gespräch legte sie auf und sagte „Das war Klaus. Paul ist mit seinem Schiff da, aber er fährt heute auch gleich wieder weg." Barbara schaute in die vor Schreck erweiterten Augen der Freundin, der der Mund offen stehen blieb. Für ein oder zwei Minuten war Stille. Dann schob sie langsam, wie in Zeitlupe den Stuhl zurück, so als ob sie Anlauf nahm.

Sie sprang vom Stuhl auf, schlug mit beiden Händen auf den Schreibtisch und rief „Ich muss da hin!" „Da hast du aber Glück, dass wir heute früh den Wagen genommen haben und nicht die Straßenbahn." erklärte Barbara und hielt den Schlüssel hoch. „Worauf warten wir noch?" schrie Cecilia und rannte mit fliegenden Haaren aus dem Zimmer. Die Freundin schnappte sich die beiden Handtaschen und lief hinter ihr her.

Auf dem Flur traf sie ihren Chef und Cecilia rief „Ich nehme mir heute den Rest des Tages frei." dann stürmte sie an dem älteren Mann vorbei „Ich auch!" sagte Barbara und rannte der Freundin hinterher, die schon die Treppe hinunter sauste und dann am Auto wartete. Als sie Barbara sah sprang sie in das Cabriolet und winkte ihr zu.

Einsteigen und Motor anlassen war gleichzeitig geschehen und nun verließ das von Barbara gesteuerte Auto mit quietschenden Reifen den Parkplatz. Nur Minuten später waren sie schon am Jachthafen. Am Eingang wartete Klaus, er sprang in das Cabrio und sagte. „Er muss am Freitag gekommen sein. Vorhin, zu Beginn meiner Schicht, habe ich das Boot gesehen. Da war er gerade am verladen. Dort hinten, der letzte Platz ist seiner." Sie bogen in den letzten Steg ein, wo Cecilia nur noch auf den leeren Liegeplatz starren konnte. „Nicht noch einmal!" schrie sie verzweifelt. „Auf nach Cuxhaven." erwiderte Barbara, Klaus sprang aus dem Auto und die Freundin trat auf das Gaspedal.

Sie jagten die Straße dahin und am liebsten hätte Cecilia geschoben oder ein Segel aufgespannt, damit es schneller ging. Zum Glück waren an diesem Tag keine Geschwindigkeitskontrollen, so dass sie ohne anzuhalten durchfahren konnten. So schnell war sicher noch nie ein Auto von Hamburg nach Cuxhaven gefahren.

Am Rande des Hafens hielten sie an und Cecilia rannte in den Hafen hinein, um ein Boot zu finden. Sie schaute auf die leeren Liegeplätze und auf die dahinter fließende Elbe. Verzweifelt sah sie sich um. Barbara hatte das Auto geparkt und ging zum Hafenmeister. Sie wusste wie sie den Mann dazu bewegen konnte, sie zu dem Schiff zu bringen und spielte mit ihren Locken, während sie mit ihm sprach. Schon wenig später saßen die beiden Frauen mit dem Hafenmeister im Lotsenboot und fuhren zur Mitte der Elbe hinaus. Es dauerte noch eine Weile, in der die verzweifelte Cecilia immer wieder dachte, sie hätte Paul schon wieder verpasst.

Barbara versuchte sie zu beruhigen und nach einer fast unendlich lang erscheinenden Weile tauchte die „Weiße Möwe" auf. Cecilia sprang vor Aufregung so im Lotsenboot herum, das sowohl Barbara als auch der Lotse jeden Moment damit rechnen mussten, dass das kleine Boot umkippte, aber sie konnten Cecilia nicht mehr bändigen. Sie gingen längsseits und Paul stoppte.

Ohne zu warten, dass das Schiff festgemacht hatte sprang sie auf das Segelboot hinüber. Beide Schiffe schwanken, so stürmisch war sie hinüber gesprungen. Sie fiel Paul um den Hals. „Du kannst nicht fahren. Nicht ohne mich!" „Bist du sicher, dass du das willst?" fragte er und sie nickte. „Ich wünsche euch beiden viel Glück." rief Barbara und legte wieder ab. Cecilia winkte der Freundin zu und drehte sich dann zu Paul, der gerade wieder den Motor startete.

Sie fiel ihm wieder um den Hals, küsste ihn und sagte „Ich liebe dich." Die Schmetterlinge waren aus dem Winterschlaf erwacht und flogen in ihrem Bauch umher. Sie sah ihm in die Augen. „Du hast mich in deinen Bann gezogen, in dem ersten Moment, als du hinter mir gestanden hast." sagte Cecilia leise „Das ist kein Bann, das ist die Liebe." antwortete Paul. Er küsste sie lang und leidenschaftlich, während das Boot auf die See hinaus glitt.

ENDE

Aktuelle Informationen und Neuerscheinungen finden sie immer im Internet unter:

www.Goeritz-Netz.de